나는 안녕한가요?

나는 안녕한가요?

그림, 책으로
나를 그리다

백두리 글 · 그림

생각정원

잘 지내는 척.
아무렇지 않은 척.
괜찮다고 되뇌며 모른 척.

이 시간만큼은 솔직하길 바라며.

"잘 지내시지요?"

"그럼요. 항상 똑같지요."

잘 지냈다고 답한 것은 아니다. 하지만 항상 똑같다고 답하며 미소를 띠었으니 여전히 잘 지낸다는 투로 들렸을 것이다. 잘 지내는 척했을 뿐이다. '항상 똑같이 버티고 있어요. 단지 요즘 상황에 대해 웃어넘길 뿐이에요'라고 목구멍에서 메아리친다.

괜찮다고, 아무렇지 않다며 나 자신도 속인 지 오래다. 그렇게 모두를 속였다고 생각했는데, 미소 뒤에 숨긴 버팀의 시간을 일일이 힘겹게 말하지 않아도 모든 것을 이미 알고 있다는 듯 알아채고 토닥이는 이들이 있다. 그림, 책 속에서 나를 맞아주는 그들은, 누구에게도 드러낼 수 없는 깊은 바닥으로 떨어져 흔들거리는 공 위에서 언제 무너질지 모른 채 휘청이고 있는 나를 이해한다 말한다. (《인간 실격》의) 요조는 나의 연약함이 유별난 게 아니라고 말해주며, 데미안은 이런 나에게 기댈 어깨를 내어준다. 츄를료니스는 마음을 달래주는 음악을 보여주고, 드가는 갈이 압생트를 마셔주기도 한다. 그들은 자신이 겪었던 삶과 내 것이 같음을 오롯이 공감하고 토로한다. 그들과는 웃는 얼굴을 잠시 내려두고, 치장했던 옷도 벗어 던지고, 밤새 눈물을 쏟아 퉁퉁 부은 눈으로 마주할수록 편해진다.

어쩌면 속마음을 온전히 드러내는 법을 잊어가는 게 어른이라면, 우리는 점점 완벽해지고 있는지도 모른다. 하지만 수수께끼나 스무고개 같은 어른들의 세계에서 쫓기듯 쫓아가듯 살다 보면 문득 어린아이와 같은 순수한 대화와 위로가 그리워진다. 여전히 서툴고 지쳐 있는 내 모습 그대로를 아직 다른 이에게 드러내기 두렵다면, 나조차도 돌봐주지 않았다면, 이제 그림과 책 속 친구들에게 다가가 보는 건 어떨까? 분명 그들은 따뜻한 미소로 두 팔 벌려 인사를 건네줄 테니까.

"너는 지금 안녕하니?"

2016년 봄, 백두리

차례

PART 2

다독다독, 도닥도닥

PART 3 지금 여기서 우리

PART 4 기다리고 있을게

무질서하게 뒤엉킨 덩굴은 정원에 있으면 잡초가 되지만
숲 속에 있으면 전혀 문제가 되지 않고,
뾰족하고 차가운 쇳덩이는 수풀 속에서는 산업폐기물일 뿐이지만
정원에서는 하나의 예술품이 된다.

PART 1

믿어야만 이루어지는 것들

빛이 있다고 믿었거든

| 그림 | 빌헬름 함메르쇠이, 〈햇빛*Sunbeams*〉

빌헬름 함메르쇠이는

아무것도 없는, 먼지만 가득한 방에

창을 그리고 빛을 들였다.

안은 어둡지만, 밖에는 빛이 있었다.

있다고 믿을 때만 이루어지는 것들이 있다.

운명이 있다고 믿을 때 사랑에 빠질 수 있고

희망이 있다고 믿으면 실마리를 찾을 수 있고

끝이 있다고 믿기에 최선을 다할 수 있고

창이 있다고 믿어야 빛이 들어올 통로가 생긴다.

남들이 뭐라 하든 내가 꿈꾸는 것들을 믿어보려고 한다.

나약함에 이끌림

| 책 | 다자이 오사무, 《인간 실격》

나약함, 유약함, 예민함, 흐릿함, 우유부단함…….

요즘 세상은 이런 모습을 얼마나 불필요한 것으로 치부하는가.

울 때면 아파하지 말라고 다그치고

불안해하면 쓸데없이 힘을 소비하지 말라고 하고

외로워하면 사치스러운 감정놀음을 언제까지 할 거냐고 묻는다.

언제부터 이 감정들은 모두 구차한 것이 된 걸까.

그런 면에서 《인간 실격》의 요조는 얼마나 쓸데없는 인간인가.

나약하고 유약하고 위태롭고 예민하다.

거절할 능력이 없었다.

쭈뼛쭈뼛 우물쭈물 부끄러워했다.

상처받고 상처받았다.

불신에는 익살로 대응할 수밖에 없었다.

두려움과 공포 앞에서 주눅 들었다.

뒤에서 관망하곤 했다.

하지만 인간과 현실을 무서워했기에
섬세하고 예리하게 바라볼 수 있었다.
한겹 한겹 인간의 내면을 까발려 들추고 있다.
그의 눈에 비친 우리는 타산적이고 약삭빠르다.
냉랭하고 교활하다.
그렇게 그가 건네는 시선은 짜릿하다.
내가 요조에게 끌리는 이유는 그 나약함 때문이다.
나약함은 강한 힘을 가졌다.
쓸모없는 것이라 생각했던 감정들이
우리를 적나라하게 드러내는 날 선 촉수가 되기도 하기에,
그 무서움을 잘 알기에,
사람들은 필요 없는 감정이라고 억누르면서
애초에 표현하지 못하도록 하는 게 아닐까.

어느새

| 책 | 피터 브라운 글·그림, 《호랑이 씨 숲으로 가다》

예전의 나는 분명

'어흥-'이라고 포효한 것 같은데

어 흐 흐흑흑흑-

어느새 본성을 잃은 채

흐느끼고 있었다.

못하기 때문에 할 수 있는 일들

| 책 | 장 자끄 상뻬 글·그림,《자전거를 못 타는 아이》

자전거를 탈 줄 모른다. 운동신경이 없는 것도 지독한 몸치도 아니다. 춤추는 것도 좋아하고 평형감각도 정상인데 겁이 조금 많다고 자전거를 못 탄다는 게 말이 되는가? 어른이 되어서도 많은 사람이 나에게 자전거를 가르쳐주려고 시도했으나 역시 잘되지 않았다. 몇 년 전, 언니마저 자전거를 탈 수 있게 되자 어릴 때부터 언니를 따라 하기 좋아하던 나는 마지막 기회라고 생각하고 자전거 타기를 다시 시도했다. 뽀얗고 늘씬한 다리를 뽐내야 할 다 자란 아가씨의 정강이는 시퍼렇게 멍 들어갔다. 하지만 끝내 자전거 타는 법을 익히진 못했다. 친구들은 시원한 바람을 맞는 즐거움과 자전거를 타며 볼 수 있는 풍경이 걸을 때와는 색다름을 끊임없이 설명해줬다. 자전거를 함께 탈 수 없음을 그들이 나보다 더 안타까워했다. 이런 모든 사실을 아는 한 친구가 나에게 선물해준 책이《자전거를 못 타는 아이》다.

이 책의 주인공 라울 따뷔랭도 자전거를 탈 줄 모른다. 그런데 문제는 그가 자전거에 정통한 전문가이기에, 그가 사는 동네에서는 자전거를 '따뷔랭'이라고 부를 정도라는 것이다. 그는 자전거 전문가인 자신이 자전거를 탈 줄 모른다는 사실이 밝혀질까 봐 매우 두려워한다. 하지만 알고 보면 그 동네의 햄 만드는 비법의 귀재인 프로냐르는 돼지고

기 가공품의 콜레스테롤 함유량에 경악하는 부인 덕에 집에서는 생선 요리만 먹고, 최고의 순간을 찍어낸 사진가 피구뉴도 원래는 순간 포착을 못하는 사람이다.

따뷔랭은 자신만이 숨기고 싶은 비밀을 갖고 있다고 생각했지만, 완벽해 보이는 다른 이들도 결함이나 비밀을 하나씩 안고 살아갈지도 모른다. 그리고 사실 따뷔랭의 비밀에서 중요한 지점은 그가 자전거 전문가이면서 자전거도 '못 탄다'는 것이 아니라 '못 타기 때문에' 최고가 될 수 있었다는 것이다. 그는 어릴 때부터 자신이 자전거 위에서 왜 균형을 유지할 수 없는지 궁금했고, 그것을 알아내기 위해 자전거의 원리와 부품을 줄기차게 연구했다. 그렇게 자전거를 꿰뚫게 되었고, 자연스럽게 사람들은 그에게 자전거 수리를 맡기기 시작했다.

물론 나는 자전거를 타지도, 숙련된 자전거 수리공이 되지도 못했다. 대신 자전거를 못 탄다는 사실에 움츠러들기보단 걸으며 느끼는 감정과 풍경들을 내가 할 수 있는 그림에 담기로 했다. 어쩌면 세상에는 못하는 일보다 할 수 있는 일들이 더 많을지도 모른다.

내 안의 놀이터

| 책 | 헤르만 헤세, 《데미안》

싱클레어는 데미안에게 끌렸다.
오르락내리락하게도 하고
중심을 잡아주기도 하는
데미안을 싱클레어는 의지했다.

불확실함. 낯섦. 아무것도 없음.
앞이 보이지 않는 검은 어둠 속에서
시소에 앉아 맞은편에 앉은 이에게 기댄다.
그 또한 나에게 기대고 있다.
혼자 탈 수 없는 시소 위에서는
한 몸일 수밖에 없다.
그는 또 다른 나다.

위로 올라갈지 아래로 내려갈지
허공에 떠 있을지는
나와 내가 결정하는 것이다.
데미안은 싱클레어가 만들어낸
또 다른 자신이었는지도 모른다.
결정의 순간에 자신을 돕기 위해.

시소 위 우리는 누구나
자신의 데미안이 되어준다.

겨울 사람

| 그림 | 카스파르 프리드리히, 〈눈 속의 참나무*The Oak tree in the Snow*〉

푸른 잎, 다채로운 꽃이나 풍성한 열매로 장식했던
봄, 여름, 가을의 나무에 비해
앙상하고 메마른 회색빛의 겨울나무를 더 좋아한다.
온전히 드러난 뼈대는 세월을 굳건히 버텨온 시간을
고스란히 보여주기에 훨씬 큰 감명을 준다.

진짜 모습은 치장을 걷어내고 발가벗었을 때 알 수 있다.
과한 수식을 제한 말투, 투명한 시선, 흉내 내지 않은 미소,
위장 없는 마음, 계산하지 않은 생각.

상처 입었던 거친 흉터와 순탄치 않았던 흔적들은 가리고 싶겠지만,
그것은 추한 게 아니라 강인한 생명력으로 다가와 오히려 감동적이다.

혼자만의 시간이 중요한 이유

| 책 | 허버트 조지 웰스, 〈벽 안의 문〉

혼자는 외롭다.
홀로 외로운 복도를 견디며 걷다 보면
그 끝에서 하나의 문을 만나게 된다.
문은 혼자일 때만 열린다.

문을 열면 텅 빈 공간이 있다.
그곳이 환상인지 실제인지는 중요치 않다.

여기부터가 진짜다.
그곳은
비어 있으므로 무엇으로든 채울 수 있다.

내가 원하는 것으로 가득,
나만의 세계를 만들어간다.

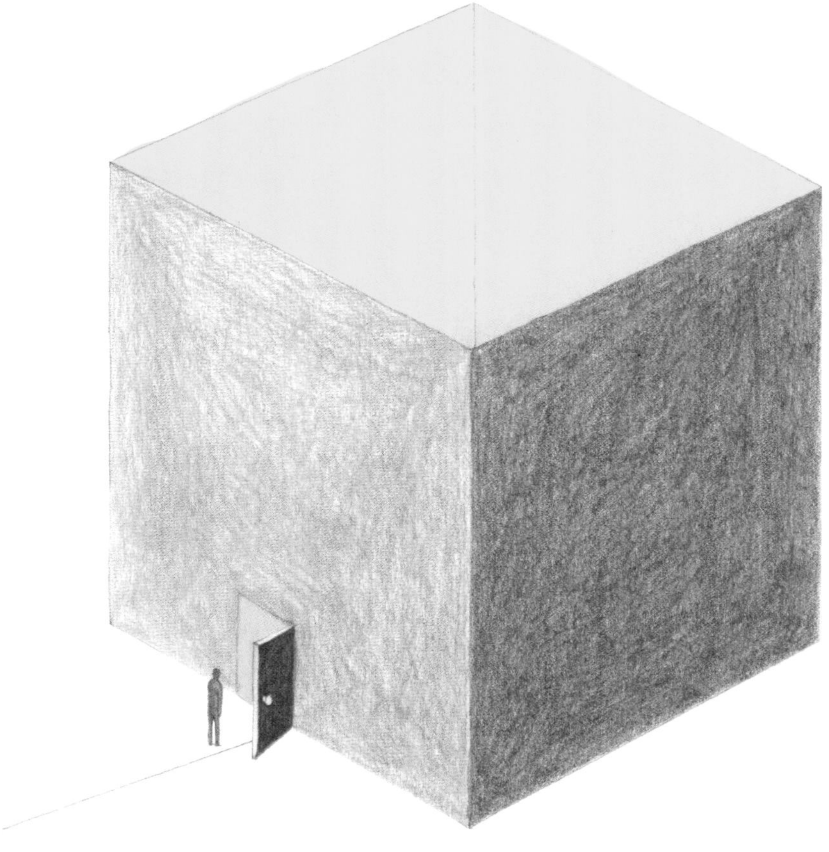

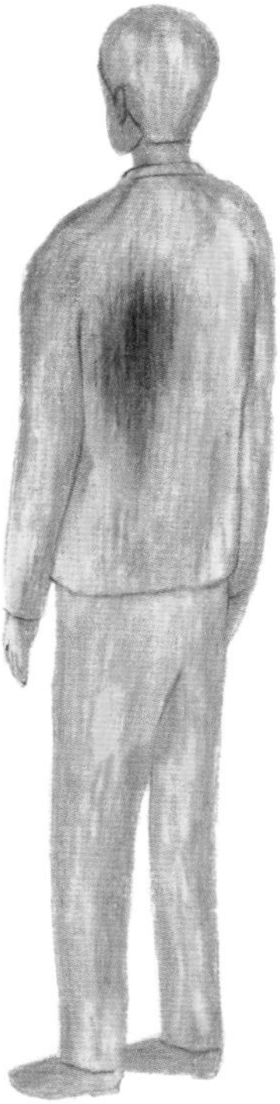

멀어져보고 헤어져봐야
소중함을 알듯이

| 그림 | 앙리 드 툴루즈 로트렉, 〈화장하는 여인*La Toilette*〉

내 뒷모습을 내가 볼 수는 없기에

등짝이 꺼뭇하게 메말라가는지 알 길이 없어

모질게 다그치기만 했는지도 모른다.

나에게서 떨어져 한 걸음 뒤에서 바라보기로 한다.

조금 늦더라도

| 책 | 윤석중 시, 이영경 그림, 《넉 점 반》

식물 키우는 것을 좋아한다. 예전에는 키웠다 하면 죽이기 일쑤라 부담스러웠는데, 작업실 겸 집에서 대부분의 시간을 보내게 된 후로는 식물에 정을 붙이고 함께하게 되었다. 아침에 눈을 뜨면 새잎이 나왔는지 키가 컸는지 그 변화를 확인하는 게 큰 기쁨으로 다가왔다.

그렇게 즐거움이 생기자 로즈메리 같은 허브, 히포에스테스 같은 잎이 예쁜 관엽식물, 아라비아 재스민처럼 향이 좋은 꽃을 피우는 식물, 스투키 같은 다육식물 등 종류를 가리지 않고 화분은 점점 늘어갔다. 지금은 난을 매년 꽃 피울 정도로 식물을 돌보는 데 자신이 있다.

올봄에는 친구로부터 목화씨를 선물받았다. 그 친구 또한 식물을 잘 돌보는데, 작년에 본인이 키운 목화는 솜 맺기를 실패했다고 하는 걸 보니 무조건 열리는 것은 아닌가 보다. 그럼에도 가을이 되면 보슬보슬한 목화솜을 딸 생각에 그저 신이 났다. 목화씨를 받고 돌아오는 길에 웃음이 배시시 새어 나오는 것은 어쩔 수 없었다.

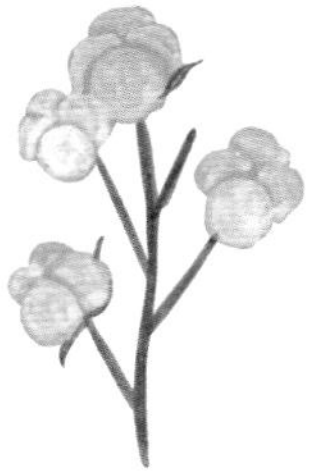

그렇게 봄과 여름을 거치며 문익점의 마음으로 목화를 돌봐 왔는데, 인터넷에 올라오는 목화 사진과 비교하니 줄기도 얇고 키도 작고 비실비실해서 안타까웠다.
사실 식물들을 자주 관찰하고 사랑을 듬뿍 주더라도, 우리 집 베란다는 일조량이 부족한지 줄기가 웃자라거나 열매나 꽃이 풍성하게 열리지 않을 때가 종종 있었다. 목화 역시 우리 집에서 자라기에는 무리였으리라 여겼다. 시들시들할지라도 지금처럼 죽지만 말고 잎이라도 계속 있어주면 그걸로 만족하리라 생각했다.

그런데 그 아이가 개화 시기보다 한 달쯤 늦게 꽃을 피웠다. 생각지도 못한 꽃이라 얼마나 감격스러웠는지 모른다. 탐스럽고 하얀 꽃을 보고 있으니 마냥 대견하기만 했다.

내 목화는 조급한 나를 닮지 않고 윤석중의 시 〈넉 점 반〉의 느긋한 아기와 같았나 보다. 개미도 구경하고 잠자리도 따라다니며 세상만사를 즐기다 해가 꼴딱 져 집에 돌아왔지만, 아기가 말하는 지금 시간은 '넉 점 반'이다.

목화와 아기는 스스로 재촉하지 않는다. 들판에 있는 목화와 베란다 작은 화분에서 나름의 삶을 사는 목화의 '때'는 다르다. 다른 이와 비교하며 평균과 다르다고 섣불리 판단할 순 없다.

목화는 요즘 꽃을 떨어뜨리고 열매를 맺는 중이다. 삭과가 성숙하면 하얗고 부드러운 솜털이 달린 씨앗이 나올 수도 그러지 못할 수도 있지만, 나는 그동안처럼 애태우지 않을 것이다. 그리고 목화를 대하듯 나에게도 조금은 관대해지려 한다.

아기의 시간도, 목화의 시간도, 그리고 내 시간도, 해가 졌건 말건 아직 '넉 점 반'이다.

반드시

| 그림 | 토머스 콜, 〈폭풍이 지나간 후 홀리요크 산에서 바라본 광경*View from Mount Holyoke, Northampton, Massachusetts, after a Thunderstorm*〉

공포란
예측할 수 없음,
눈에 보이지 않음,
잡히지 않는 형상,
예고 없는 불안.
즉, 무엇인지 알 수 없는
존재에 대한 두려움이다.
그러므로 거센 폭풍우 따위는
두려워할 필요가 없다.

우리는 알고 있다.

폭풍우가 지나간 자리에는

반드시 맑은 하늘이 기다린다는 것을.

안녕하신지요

| 그림 | 에드가 드가, 〈압생트를 마시는 사람*Dans un café, dit aussi l'absinthe*〉

안녕!

안녕하세요.

안녕히 가세요.

안녕히 계세요.

안녕히 주무세요.

안녕히 주무셨어요.

우리는 하루에도

몇 번씩 상대의 '안녕'*을

묻곤 하면서

정작 나는

오늘 밤도 독하고 쓰디쓴

압생트 한 잔을 앞에 두고 있구나.

나는 지금 안녕하니?

* 安寧, 아무 탈 없이 편안함.

잘해내고 말 거야!
지켜낼 거야!

| 책 | 오쿠다 히데오, 《공중그네》

책 표지 그림을 의뢰받았을 때 시장에 공개되는 그림은 한 장이지만, 최종의 한 장을 위해 여러 장의 스케치를 하고 북 디자이너와 편집자와 함께 의견을 나누면서 그림을 고치고 다듬는다. 그 과정에서 의견 충돌이 생기면 순탄치만은 않다.

외부에서 볼 때는 '작가님', '선생님' 소리를 듣기에 마음껏 그릴 수 있으리라 여길 것이다. 그러나 하나의 결과물을 여러 사람이 함께 만드는 작업이기에 막상 마음대로 한다는 것은 쉽지 않다. 그래서 일에 대한 경험이 쌓이면 그림 실력보다는 상황을 파악하고 대처하는 능력이 더 크게 향상한다. 출판사의 의견도 반영해야 하고 시장에서의 성공 여부도 신경 쓰지 않을 수 없다. 그런데 그게 오히려 그림에는 나쁜 영향을 주기도 한다. 실험적이고 독특한 시도는 점점 주저하게 되기 때문이다. 쉽게 통과했던 지점을 몸에 익히게 되어, 의도치 않게 예전에 그렸던 소재나 구도가 비슷하게 반복되는 경우가 있다. 잘하고 싶고, 신인 작가들에게는 치이기 싫고, 대중에게 계속해서 사랑받고 싶은 마음에 좋은 반응을 얻었던 작업을 답습하는 것이다.

그럴 때면 앞으로 나아가기 위해 힘껏 팔을 휘젓고 발을 차내는데도 그물에 걸린 듯 같은 자리를 맴도는 기분이다. 겉으로는 백조처럼 우아한 척하지만 물속에서는 끊임없이 물장구를 치느라 지쳐간다. 이런 불안감과 피로에 휩싸였을 때 한 정신과 의사를 만났다. 하지만 나는 심각해서 죽을 맛인데 그는 내 문제가 별일 아니라는 듯 장난처럼 가볍고 유쾌하게 대했다. 처음에는 '뭐 이런 또라이가 다 있어. 이런 치료는 나도 하겠다'라고 생각했지만, 그는 정말로 문제들을 하나둘 해결해갔다.

그는 바로 《공중그네》에 나오는 이라부다. 그의 환자들—조폭, 서커스 단원, 정신과 의사, 야구 선수, 작가 등—은 특수한 직업에서 겪는 정신 문제를 가진 것 같지만 알고 보면 평범한 직장인의 고민과 다를 바 없다. 더 높은 자리로 올라가고 싶은데 내 위치는 어느 정도에서 제자리걸음이고, 아래에서 월등한 실력을 갖춘 후배들이 치고 올라온다. 경쟁자들의 실력을 인정하기 싫으니 직장 내에서 갈등이 생기고 인간관계는 점점 꼬인다. 불안과 스트레스가 커져 위장병과 두통, 불면증은 만성질환이 되었다. 완벽하게 잘해내려 할수록 엇나가고, 성공했던 지점들만 되풀이하려 한다.

“저기요, 호시야마 브랜드라는 게 있는 거거든요. 간판에 흠집을 내서야 되겠냐고요.”

“그러니까 일단, 간판을 내리는 거야. 그럼 홀가분해질 텐데.”

“간판을, 내린다…….”*

하루하루를 괴롭히는 복잡하고 짜증 나는 일들이 이라부를 만나면 아무것도 아닌 일이 되고 만다. 어린아이같이 단순하고 천진한 이라부는 말한다. “그럼 저질러버리면 되잖아. 왜 안 돼?” 이런 식의 무책임한 조언을 들으면 기분만 언짢아지곤 한다. 말이야 쉽지만 행동으로 옮기는 것은 무척이나 어렵기 때문이다. 그러나 기분이 나쁜 이유는 쉽지 않은 그 해결책이 정답임에 동의했기 때문일 것이다.

내가 지키려던 것이 '나 자신'인지

'내가 집착하는 그 무엇'인지 헷갈리는 척해

왔지만, 나는 사실 해결 방법을 이미 알고 있었을지도

모른다.

* 오쿠다 히데오, 이영미 옮김, 《공중그네》, 은행나무, 2005년, 285쪽.

긴 여행을 위해
버려야 할 것들

| 그림 | 마인데르트 호베마, 〈미들하니스의 오솔길 *The Avenue at Middelharnis*〉

여행을 여러 번 하다 보면 알게 되는 것이 있다. 기간이 짧은 여행을 위한 가방보다 긴 여행을 갈 때의 가방 크기가 더 작다. 휴양지로 떠나는 3박 4일의 여행을 위한 큰 가방은 챙이 큰 모자부터 샌들, DSLR 카메라, 파티용 원피스와 하이힐, 종아리 안마기, 마스크팩 등 나를 치장할 것들로 가득 채워진다. 그러나 한 달 이상의 배낭여행이라면 짐은 최대한 간추려진다. 대중교통 이용 시 계단을 마주해도 두렵지 않고 여행 후반부쯤에 지쳐도 버겁게 느껴지지 않을 무게로 가방을 만들어야 하기 때문이다. 지도, 비상 약 같은 필수품과 기본 아이템의 옷을 가급적 작은 가방에 담아 여행을 떠난다. 무겁고 큰 가방은 여행을 위한 물품이 아니라 말 그대로 짐이다.

우리의 인생은 절대 짧은 여행이 아니다. 이것저것 무겁게 다 챙겨서 짊어지고 가다간 금방 지쳐 포기하게 될 것이다. 다른 이의 여행 코스와 비교하는 버릇, 여행 파트너에게 불평하고 투덜대는 습관, 가고 있는 길을 즐기지 못하고 지름길에 대해 갖는 미련이나 후회, 길을 잃었을 때의 지레 겁먹음……. 이제 여행을 즐기는 데 방해되는 것을 가방에서 꺼내보려 한다. 우리의 인생은 〈미들하니스의 오솔길〉 속 길처럼 끝이 보이지 않는 긴 여정이 될 테니까.

내가 있어야 할 곳

| 책 | 유준재 글·그림, 《파란파도》

어릴 때 자주 듣던 말은 "넌 왜 이렇게 예민해?", "그렇게 소심해서 어떡할래?", "뭐가 그리 까다롭니?", "또 울어?"였다. 어릴 때는 그런 말을 들을수록 더 위축되었기에 수줍음 많고 대범하지 못한 나 자신이 부끄러웠다. 하지만 지금은 이런 나에게 고맙다. 여린 마음은 내 안을 자주 들여다보게 했고, 예민하고 소심한 면은 주변을 관찰하는 데 쉽게 발휘되어 타인의 감정을 더 잘 이해하게 했다. 이런 면이 없었다면 소소한 일상을 담은 그림과 글은 나올 수 없었을 것이다.

타고난 성질은 바꾸기 어려울 수 있으나 그것을 어떤 상황에 놓을지는 자신이 정할 수 있다. 어느 장소에서 어떻게 쓰이느냐에 따라 자신의 존재 목적과 운명은 달라진다. 《파란파도》 속 파란 말의 강한 힘은 전쟁터에서는 살상무기였지만, 커다란 강 앞에서는 생명의 도구가 되었다. 파란파도는 군주에 의해 철저히 군마로 길러진 후 전장을 누비며 운명을 의심하지 않았지만, 결국에는 자신의 힘이 제대로 쓰일 길을 택했다.

나의 능력이 제대로 발휘될 지점은 어디든 있다. 내 운명은 나를 돕지 않는다고 절망하기 전에, 나와 맞지 않는 곳에서 계속 주눅 들어 있는 것은 아닌지 확인할 필요가 있다.

무질서하게 뒤엉킨 덩굴은 정원에 있으면 잡초가 되지만 숲 속에 있으면 전혀 문제가 되지 않고, 뾰족하고 차가운 쇳덩이가 수풀 속에서는 산업폐기물일 뿐이지만 정원에서는 하나의 예술품이 되는 것처럼.

서툶을 그리워하며

| 책 | 정이현, 《말하자면 좋은 사람》

2010년 4월, 나는 단행본 일러스트 작업이 한 권도 없는 신인 일러스트레이터였다. 잡지나 기업 브로슈어 등의 일을 2년 정도 했으나 내 대표작이라고 내세울 만한 것도 없었고, 출판계로는 발을 들여놓지 못한 상태였다. 그런 상황에서 정이현 작가의 단편집 《말하자면 좋은 사람》에 들어갈 그림을 의뢰받았다. 아직 경력으로 증명되지 않은 나를 오로지 그림만 보고 믿어준 출판사가 고마웠다. 더구나 정이현 작가의 글을 좋아하는 팬의 한 사람으로서 그 책에 참여할 수 있다는 것에 흥분했다. 잘하고 싶은 마음이 어느 때보다 컸다.

원고에는 도시 생활자의 삶과 고민, 외로움이 예리하고 섬세하게 담겨 있었다. 혼자인 우리 모두에 대한 이야기였다. 담담한 문체가 내 그림으로 인해 오히려 방해될까 고민하고 또 고민하며 한장 한장 공을 들였다. 단행본 작업을 해보지 않은 내 서툶이 책에 고스란히 드러나진 않을지 불안했다.

《말하자면 좋은 사람》에 나오는 인물들도 마찬가지였다. 그들은 인간관계, 사회생활, 인생살이에 서툴다. 그들에게 세상은 난센스 퀴즈와 같다. 공식에 대입할 수도 없고 쉽게 답을 내어주지도 않는다. 잘해보고 싶지만, 뜻대로 되지 않는다. 서툶에서 오는 빈틈을 메꿔보려 SNS에 가짜 삶을 올리기도 하고, 불안함을 날려버릴 부적을 안고 제부도로 떠나기도 하고, 곧 터질 듯 곪아버린 종기 난 엉덩이로 일터에 다시 앉는다. 어디로 갈지 몰라 헤매고 있는 내 도화지 속에 그들을 그려 넣는 건 반가운 일이었다. 정돈되지 않은 채 한 발짝씩 내딛고 있는 나와 닮은 그들이 그 안에 있었다.

그런데 작업 중 여러 사정으로 책 출간이 잠시 미뤄졌고, 나는 다른 일에 몰두해오다가 4년 후에 출간 일정이 잡히면서 나머지 원고 작업에 들어갔다.

초짜 일러스트레이터는 4년이 흐르는 동안 40여 권의 단행본 작업을 치렀고, 첫 책을 의뢰받았을 때와는 일을 대하는 마음도 작업 방식도 변해 있었다. 몇 년 새에 길을 찾는 법을 터득해 작업은 수월해졌으나, 그 안에서 자꾸만 가던 길로 가려는 습관이 조금씩 묻어났다. 다듬어지고 세련되었으나 어딘지 모를 건조함이 느껴졌다. 온실에서 잘 가꿔진 빈틈없는 장미 같았다. 그에 비해 4년 전의 그림은 거칠지만, 들꽃처럼 싱싱했다. 다른 이의 눈에는 어떨지 몰라도 내 눈에는 그 차이가 보였다.
노련함이 싫다는 것은 절대 아니다. 무르익은 성숙함, 공들인 정갈함은 분명 아름답다. 그러나 자신이 가지지 못한 것을 부러워하게 되듯 예전의 무모함과 과감함이 사라진 지금이 아쉬웠다. 두 가지 다른 성질이 공존하기 어려움에 안타까웠다. 4년 전에는 어떻게든 빨리 프로다워지고 싶었다. 그런데 4년이 지나자 팔딱팔딱 뛰던 예전의 느낌을 찾아보려 초기의 그림을 보고 연구하고 있다니…….

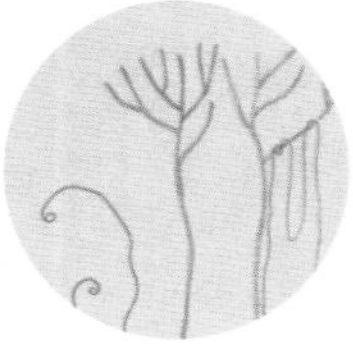

어릴 때는 어른의 성숙함이 부러워 그들을 흉내 내고, 어른이 되면 아이의 천진함을 질투한다. 나는 겨우 4년밖에 지나지 않아서 투박함에서 느껴지는 자연스러움을 그리워하고, 서툶에서 오는 가능성을 부러워한다. 이럴 거면서 뭐가 그리 급해 빨리 완벽해지고 싶었는지 모르겠다. 서툴다고 조급해할 필요가 없었다는 걸 이제야 알게 되었다.
《말하자면 좋은 사람》에는 초기에 그린 풋풋한 12점과 4년 후에 그린 조금은 성숙한 10점이 뒤섞여 담기게 되었다. 그래서 어떤 일에서든 내 서툶과 미숙함이 부끄러워 자책하게 될 때는 이 책을 떠올린다.

'나는 곧 이 시절을 그리워하게 될 거야! 서툴다는 것은 아직 일궈놓은 게 없다는 거니까, 무너질 일도 잃을 무엇도 없거든! 이 상황을 즐기자고!'

뭐가 미안한데?

| 그림 | 루치안 프로이트, 〈잠자는 국가연금 관리자*Benefits Supervisor Sleeping*〉

"미안한데, 나는 그런 장르를 좋아하지 않아."
친구가 자신이 좋아하는 영화에 대해 이야기하면서 나에게도 그 영화를 좋아하냐고 묻자, 나는 이렇게 대답했다. 친구가 다시 묻는다.
"그런데 그게 왜 미안할 일이야?"

친구는 그저 영화에 대한 내 의견을 물었을 뿐인데, '미안하다'는 전제를 내뱉고 생각을 말하기 시작한 것이다. 내 답변 때문에 상대의 기분이 상할까 봐, 그것에 대해 누가 지적하기도 전에 나의 취향을 스스로 미안한 일로 만들었다. 본인에게 어울리지 않아도 유행이라면 무조건 따르거나 남의 시선을 삶의 기준으로 삼는 요즘의 많은 사람과 다르게, 나는 나만의 취향과 생활 방식을 지키며 흔들림 없이 살아왔다고 생각했다. 원하는 것이 확실했고 그것에 대해 언제나 정확히 표현했다. 그런데 친구와 대화하던 중 내 생각을 말할 때 가끔 '미안한데'로 시작한다는 사실을 깨닫게 되었다.

상대를 비난하거나 상처 주는 내용이 아닌, 단지 취향을 말하면서 미안하다니. 타인과 다른 취향을 가진 게 잘못한 일인 양 미리 사과부터 했다. 의식 없이 남에게 동조해주는 사람보다 오히려 더 상대의 기분을 맞추기 위해 노력하고 있었는지도 모른다.

자신을 그대로 드러내는 게 어른스럽지 않다고 생각했었다. 주변을 살피지 않고 나만 내세우다간 괜한 불화와 갈등이 생긴다는 걸 자라면서 체득해왔다. 금세 들통날 거짓말을 할 수는 없고 진실과 진심에 대해 복잡한 설전을 벌이는 것은 피곤했다. 갈등의 조짐을 애초에 없애는 데 노련해진 나는, 어쩌면 대놓고 휩쓸리는 따라쟁이보다 못한 겁쟁이다.

하지만 루치안 프로이트의 그림 속 인물들은 따라쟁이도 겁쟁이도 아니다. 〈잠자는 국가연금 관리자〉 속 여인의 몸은 거대한 지방 덩어리 같아 혐오스럽다는 느낌이 들기도 하나, 한편으론 있는 그대로를 적나라하게 드러낸 솔직함이 통쾌하다. 그녀는 남의 시선을 두려워하지 않는다. 앞으로는 미안해할 일도 아닌 일에 '미안한데'라는 말이 튀어나오지 않도록 내 모습 이대로 당당해야겠다. 더는 겁쟁이로 살 수 없다.

완벽한 연기에 박수를

| 그림 | 레옹 스피리에르, 〈방파제, 오스탕드, 빛의 반사*Digue de mer, Ostende, reflets de lumière*〉

가끔은 허상과 진실의 혼돈 속에서
자신을 더 완벽한 사람으로 만들어줄 쪽을 진실이라고 믿고 살아간다.
운이 없게도 선택한 쪽이 허상이라면
그것을 진실로 만들기 위해 다듬어간다.
부끄러운 진실을 덮기 위한 순결한 허상.
사람들은 자신이 일궈놓은 균형이 깨지는 것을 원하지 않는다.
지금의 균형이 유지되는 한
인정하고 싶지 않은 진실을 드러낼 용기는 필요 없다.
힘겹게 짜온 아름다운 플롯, 빈틈없는 각본이
헛수고가 되는 것을 바라지 않는다.
진짜보다 더 진짜 같은 가짜를 만들기 위해 들인
시간과 노력이 쌓일수록 그 굴레에서 점점 벗어날 수 없다.
반사된 환영을 쫓느라 진짜 빛과는 점점 멀어져간다.

그들이 만든 것은 완벽한 삶이 아니라 완벽한 연기였다.

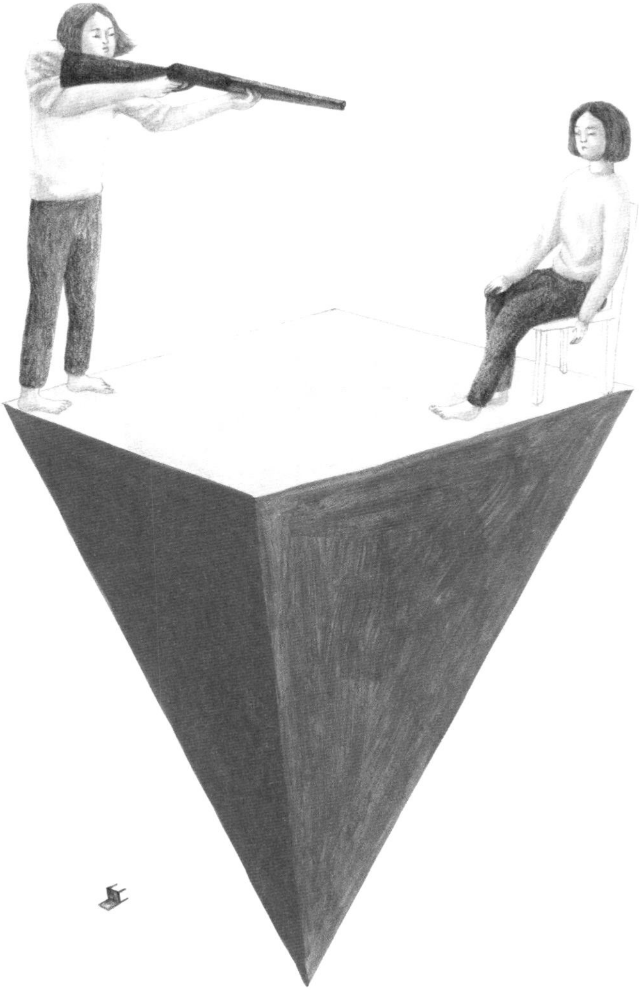

나에 대한 잘못된 사랑 방식

| 그림 | 미켈란젤로 메리시 다 카라바조, 〈나르키소스*Narcissus*〉

"내 말이 맞다니까."
그와는 마치 벽과 이야기하는 것 같았다. 무슨 말이든 튕겨 돌아오고 문은 보이지 않았다. 대화는 가로막혀 더는 앞으로 나아갈 수 없을 것 같았다. 그는 자신감 넘치고 확신 있는 당당한 태도를 가진 사람으로 보이고 싶었겠지만, 내 눈에는 아니었다. 잘못된 자기 사랑으로 무엇이든 자신의 가치가 옳고 상대의 판단은 틀렸다고만 말하는 부류였다.

자신감과 자기애는 다르다. 자기애가 과도한 사람은 자신의 가치를 최고라고 생각하는 것처럼 보인다. 그러나 마냥 강해 보이는 그들도 실은 자신의 약한 모습을 들킬까 봐 겁을 내는 것 같다. 그래서 혼자 힘으로는 빛나기 어려울 것 같으면 남을 이용하거나 상대를 낮추려고 한

다. 그들은 자기의 생각을 돋보이게 하고자 다른 이를 무시하며 상처 주기도 한다. 때로 상대가 나를 얕볼 것 같다는 두려움에 자신이 먼저 상대를 깔아뭉갠다.
자기애가 강한 이들은 겉으로는 자신감이 충만해 보이지만 속은 결여되어 있다. 자기 자신을 존중하는 사람은 '우리'가 얼마나 소중한 존재인지 알기에 다른 사람도 함부로 대하지 않는다.
나르키소스는 물에 비친 자신의 모습에 반해 그것과 사랑에 빠졌지만, 카라바조가 그린 물에 비친 나르키소스는 실제 모습과 똑같지도 않고 그렇다고 더 빛나지도 않는다. 어둠 속에 숨어 있는 유령 같은 모습이다. 그 허상에 빠져서 자신의 진짜 모습은 제대로 바라볼 수도 없다.

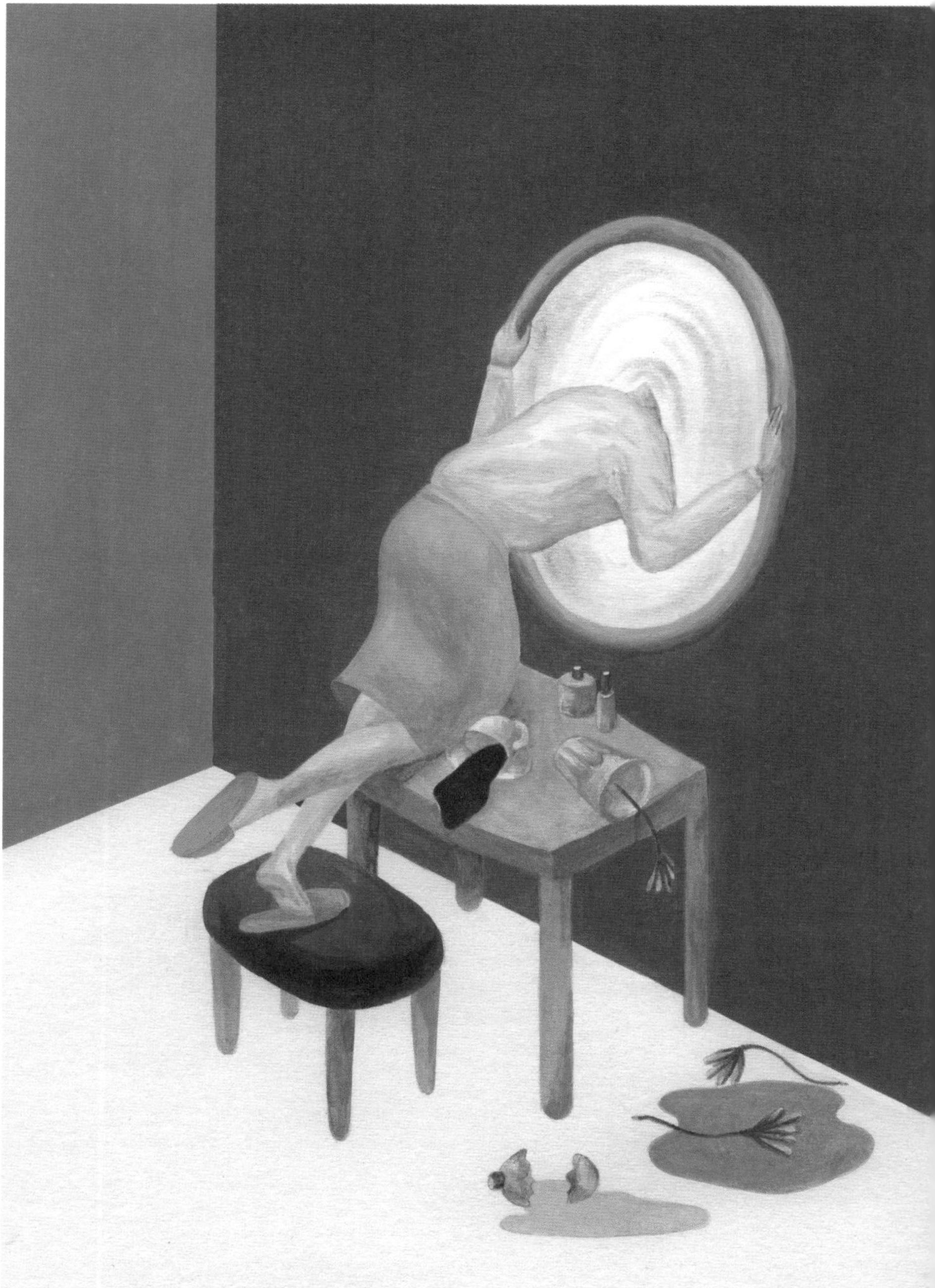

자기애를 자존심으로 착각해서는 안 된다. 그것은 자신을 사랑하는 올바른 방식이 아니다. '나'를 진정으로 사랑하는 방법은 꾸며진 나의 허상에 집착하는 것이 아니라, 나의 약점까지도 받아들이고 그것을 온전히 드러낼 수 있는 용기를 갖는 것이다.

균형 맞추기

| 그림 | 발튀스, 〈흰 치마*The white skirt*〉

| 책 | 마리 유키코, 《골든애플》

애니메이션 〈겨울왕국〉을 보면 엘사는 모든 것을 얼려버리는 능력 때문에 방에서 나오지 않고 자신을 숨긴 채 살아간다. 그러다 그 능력이 우연히 알려지게 되고 사람들이 두려워하자 성을 떠나서 자신만의 얼음 왕국을 세운다.

그런데 그녀는 자신의 능력과 더불어 자신 자체를 숨기는 것 또한 억울했나 보다. 왕국을 세우는 과정에서 자신의 외모도 완전히 바꾼다. 온몸을 가린 드레스와 수수한 외모를 벗어던지고, 관능적이고 화려한 드레스와 눈매를 강조한 스모키 화장을 한 얼굴로 변신한다. 그녀가 억눌러왔던 욕망을 모든 방면으로 분출하는 순간이다.

그녀는 능력을 감추고 싶은 만큼 반대로 자신을 있는 그대로 보여주고 싶었는지도 모른다. 자신이 가진 여러 모습 중에 나라를 다스리고 백성을 돌보는 온화한 여왕의 이미지만을 드러내야 했기 때문에 스스로를 통제하며 살았었다. 그래서 행복하지 않았다.

우리 또한 엘사와 크게 다르지 않다. '언제나 착하게 살아야 해. 다른 사람의 본보기가 되어야 해. 너는 바르고 조신한 아이잖아. 몸가짐을 단정히 해야지.' 꿈틀대는 궁금함을 꽁꽁 묶어놓고, 넘쳐흐르는 호기심을 봉하고, 보지 못하게 눈을 가리고, 듣지 못하게 귀를 틀어막아야 했다. 만질 수 없도록 손에 장갑을 씌우고, 맛보지 못하도록 혀를 감춰야만 했다. 욕망은 멀리해야 한다고 배웠다.

그렇게 엘사와 내가 자신을 통제하고 있을 때 발튀스의 〈흰 치마〉에서 한 여인은 모든 것을 풀어놓고 있었다. 앞섶은 풀어 헤쳐져 있고 봉곳하게 솟아오른 가슴의 실루엣이 슬립 아래로 그대로 드러난 채 무심하게 의자에 기대어 있다. 발그레한 볼과 초점 없는 눈동자는 아무것도 신경 쓰지 않는다. 그녀는 자신을 가두지 않았다. 발튀스의 그림들은 언뜻 퇴폐적인 부분이 없지 않지만, 보고 있는 것만으로도 그동안 존재하는지도 몰랐던 내 안의 또 다른 나를 꿈틀거리게 한다. 그 느낌이 꽤 흥미롭다.

사람은 균형을 맞추고 싶어 한다. 성격은 본인이 가진 여러 성질 중에 한두 가지가 자주 드러나고 크게 활동하기 때문에 대외적으로 '어떤 사람이다'라고 규정되곤 하지만, 그에게는 이런 성질만 존재하는 것은 아니다. 그런데 계속해서 여러 면을 억누르고 한쪽으로만 치우치게 되면 분명 문제가 생긴다. 부각되는 한 가지 모습은 남보다 내가 먼저 눈치채고 스스로 질리게 된다. 선하고 온화하기만 하던 사람이 갑자기 믿을 수 없을 정도로 버럭 화를 낸다거나, 극단적으로는 순진한 그녀가 고약한 뒷담화 마니아라거나, 보수적인 그가 변태적이거나 괴팍한 취미를 가지고 있을 수도 있다.

나는 마음을 치유하고 감정을 다독이는 그림을 그리는 것을 좋아하고 즐겼지만, 계속해서 그런 그림을 그려야 하는 상황에 놓이자 내가 과연 그것을 좋아했었는지도 의문이 들기 시작했다. 한 가지 역할에 치우쳐 균형이 깨지고 있는 것이 느껴졌다. 치유의 그림을 시작했던 계기는 어느새 잊어버리고, 사람들이 원하기 때문에 다람쥐 쳇바퀴에 갇혀서 같은 자리를 뛰고 있는 건 아닌지 부정적인 생각마저 들었다.

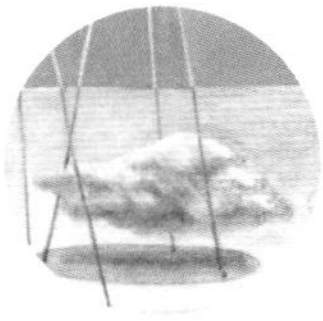
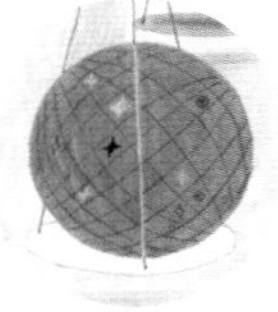

그런 와중에 《골든애플》의 그림을 의뢰받았다. 평소 책에 자주 실리는 차분한 그림이 아닌 몸이 기괴하게 꼬인 모습의 개인 작품들을 본 출판사 직원분이 이 책의 작업을 부탁했다. 의뢰받았을 때 북 디자이너와 편집자가 나에게 요청한 사항은 하나였다. 자기검열을 하지 말아줄 것.

일러스트레이터들이 자신의 제안이 잘 받아들여지지 않을 것을 예상하고 종종 적당한 선에서 그림을 타협하곤 하지만, 이번에는 그런 것들을 염려하지 말고 기이함과 예민함을 담아 하고 싶은 대로 펼쳐달라는 요청이었다. 틀에 가둘 이유도, 나의 정형화된 기존의 모습을 보여줄 필요도 없는 상황이 왔다. 마침 내가 가진 여러 모습 중에 한 가지만 계속 드러내는 것에 지쳐 있었는데, 다른 모습을 보여줄 기회가 생기자 반가웠다.

원고는 여러 명이 집단 망상에 빠진 미스터리적이고 기묘한 이야기였다. 읽는 내내 무엇이 진실이고 무엇이 환각인지 구분할 수 없는 혼란 상태에 빠지곤 했으니 말이다. 정신을 똑바로 차리고 사느라 온 힘을 다했는데 그 책을 읽는 동안은 편히 정신을 놓아버리니, 중심을 잡느라 울렁거렸던 속이 오히려 가라앉는 기분이었다. 그 느낌 그대로 아이디어를 떠올리고 그림을 그리면서 그 전에는 겪지 못한 또 다른 즐거움을 느꼈다. 정체를 알 수 없는 뜨끈하고 비릿한 희열이 깊은 곳에서 올라와 머리끝에서 폭죽이 터지는 기분이었다.

올바르게 살아야 한다는 신념 속에서 답답하다면 조금은 삐딱하게 걸어보거나 광대처럼 춤을 추며 굴러가 보는 것도 좋다. 어른으로서 위엄 있고 경직된 모습만 보여주느라 피곤하다면 아이처럼 거침없이 행동해보는 것도 추천한다. 혹시 아나? 그러고 나면 이런 짓도 생각보다 별로 재미없을 수도 있고, 혹은 다시 균형을 맞추고자 올곧음과 어른스러움이 그리워질지도.

자기착취의 현장에서

| 책 | 한병철, 《피로사회》

| 책 | 우종영, 《나는 나무처럼 살고 싶다》

우리는 언제부턴가 쉬지 않고 계속해서 달리기 시작했다. 옆에서 빠르게 뛸수록 나도 함께 속력을 냈다. 잠시라도 멈추면 뒤처질까 낙오될까 두려워 한 번도 멈춰본 적이 없게 되었다. 숨이 벅차도 다리가 퉁퉁 부어도 무조건 앞만 보고 달렸다. 몸과 마음이 망가져 속도가 점점 느려지고 있는지도 몰랐다. 우리의 달리기는 생존의 문제였다. 잠깐 멈췄다가는 상위 포식자에게 잡아먹히거나 무리에서 떨어져 길을 잃을 것만 같았다. 생존을 위한 선택은 단거리달리기의 속도로 마라톤을 하는 꼴이 되어버렸다.

일중독은 누구에게나 적용할 수 있을 정도로 요즘에는 흔한 말이다. 아무것도 하지 않고 있으면 불안함을 견딜 수 없다. 그렇다고 무언가 하고 있다고 불안하지 않은 것은 아니다. 《피로사회》는 말한다. 요즘 사회는 우리에게 지속 불변을 약속하지 않으며, 이런 존재의 결핍에서 우리의 초조함과 불안함이 생겨난다고. 불안감을 없애기 위해 감독관은 포로를 계속 다그쳐 생산량을 높이고, 착취자는 피착취자에게 점점 더 무리한 요구를 한다.

"해야 한다. 더 해야 한다. 성과만이 살아남는 방법이다."
이렇게 할 수밖에 없었다고 말하지만, 정작 누가 시켰는지는 가해자를 정확히 찾아낼 수 없다. 스스로 행하고 있기 때문이다. 저자가 말하듯 우리는 착취자이자 동시에 피착취자이며 감독관이자 포로이며 가해자이자 희생자다. 하지만 그렇기 때문에 이 강제로부터 자유로울 수 있다. 스스로 모든 역할을 하고 있기에 이 착취를 멈출 수 있는 것 또한 자기 자신이다.

《나는 나무처럼 살고 싶다》에는 '해거리'에 대한 내용이 나온다. 나무가 열매 맺기를 거부하는 것을 해거리라고 한다. 나무가 여러 해에 걸쳐 열매 맺는 데만 힘쓰게 되면 해가 거듭될수록 점차 기력을 다하게 된다고 한다. 그래서 나무는 해거리를 통해 한 해 동안 열매 맺기를 과감히 포기한다. 그리고 그 시간 동안은 오로지 재충전하며 확실히 쉬다가, 긴 휴식이 끝난 다음 해에는 어느 때보다 풍성하고 실한 열매를 맺게 된다고 한다.

알고 있다. 멈출 수 없는 건, 해거리해도 괜찮다 싶을 만큼 풍성한 열매를 맺은 적이 없어서라고 생각하기 때문일 것이다. 그동안 다른 나무에서 큰 성과를 내는 것을 지켜보고만 있어야 하는데, 쉬어도 될지 불안할 것이다. 하지만 누구보다 탐스러운 열매를 주렁주렁 맺고 있는 것처럼 보이는 정상의 연예인 또한 불안하다고 말한다. 남부러울 것 없을 듯한 그들이 우울증이나 불안장애로 활동을 중단한다. 자리를 지키기 위해 계속해서 경계 태세를 갖추느라 지칠 대로 지쳐서, 이제 혼자 힘으로는 서 있기도 힘든 상태에 왔을 것이다. 살아남기 위해서, 불안함을 없애기 위해서는 계속 자신을 채찍질하는 것이 아니라 반대로 자신을 돌보고 치유할 시간을 가져야 한다.

요즘에는 무엇을 도전하는 것보다 그만두는 것, 멈추는 것이 더 어려운 일이 되었다. 하지만 불안을 무시할 수 있는 결심, 착취를 중단할 용기를 가져야 할 때가 올 것이다. 그러지 않다가는 의지와 상관없이 영영 멈춰버릴지도 모른다.

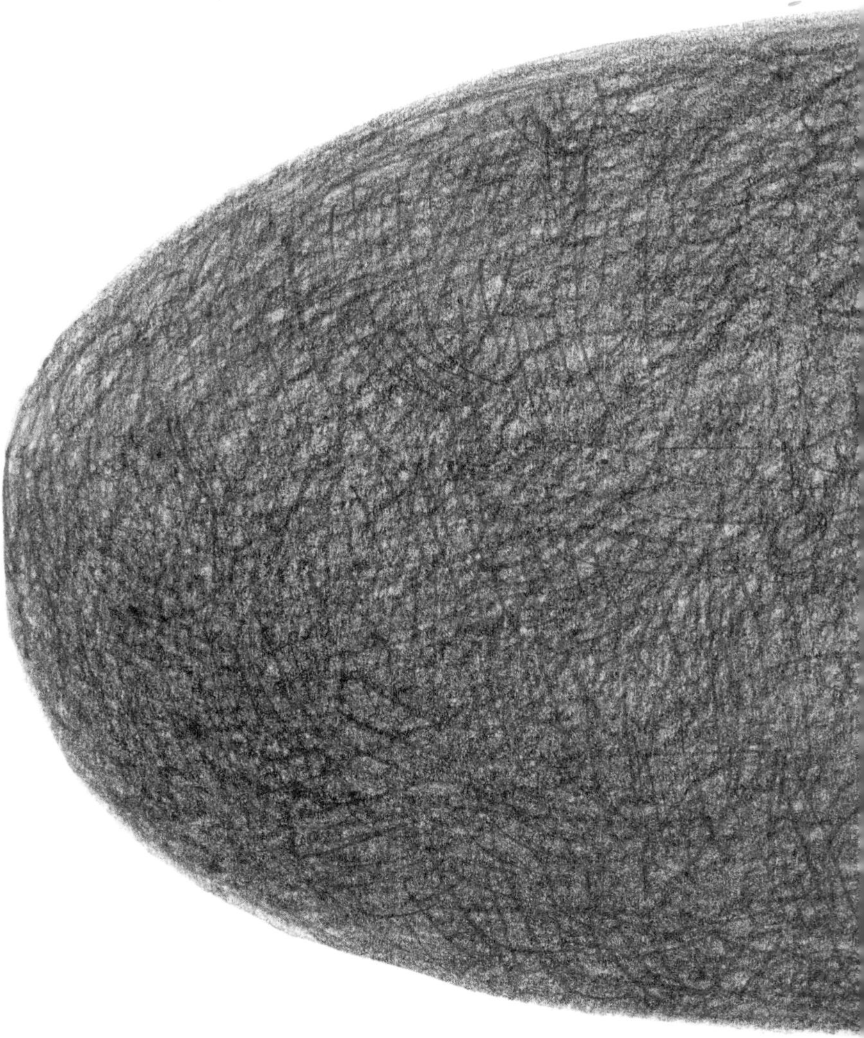

결정적 지점

| 그림 | 히라노 하쿠호, 〈거울 앞에서鏡の前〉

팔 전체를 가리는 긴 옷을 입다가 반소매 티셔츠를 입게 되면, 팔의 많은 부분을 드러내는 노출을 하는데도 우리는 별다른 성적인 느낌을 받지 않는다. 그러나 반소매 옷을 입다가 민소매 옷을 입었을 때는 상황이 다르다. 봉긋하고 반들반들한 어깨가 드러나는 순간 노출의 강도는 훨씬 크게 느껴진다. 소매에 붙어 있는 손바닥만 한 작은 천 조각 하나 떼어냈을 뿐인데 말이다.

목덜미, 발목, 손목, 무릎, 어깨처럼 관절이 되는 부위가 있다. 이들은 머리와 등, 다리와 발, 팔과 손, 넓적다리와 정강이, 몸통과 팔을 연결해주는 길목이다. 다른 세계로 들어갈 수 있는 관문 같다. 감춰왔던 문을 드러내는 것은 그 안으로 들어갈 수 있도록 허하는 것이라고 착각하곤 한다. 그래서 그 문만 봐도 새로운 공간을 탐험하는 상상을 하며 설렌다. 그곳에서 관능을 느낄 수 있다.

그래서 아무리 넓적다리와 가슴골을 적나라하게 드러낸다 한들 히라노 하쿠호의 〈거울 앞에서〉 속 그녀의 목덜미를 이길 수 없다.

크고 많다고 센 것은 아니다.
작고 하찮을지라도 확실한 순간과 결정적 지점이 중요하다.
무엇이든지 간에.

혼자도 괜찮거든요.
사람은 누구나 외롭고 언제나 혼자인걸요.
혼자인 게 당연해요.
그런데 왜 저는 이 공허함을 매번 받아들이기 어려울까요.
언제쯤 적응하게 될까요.

PART 2

다독다독, 도닥도닥

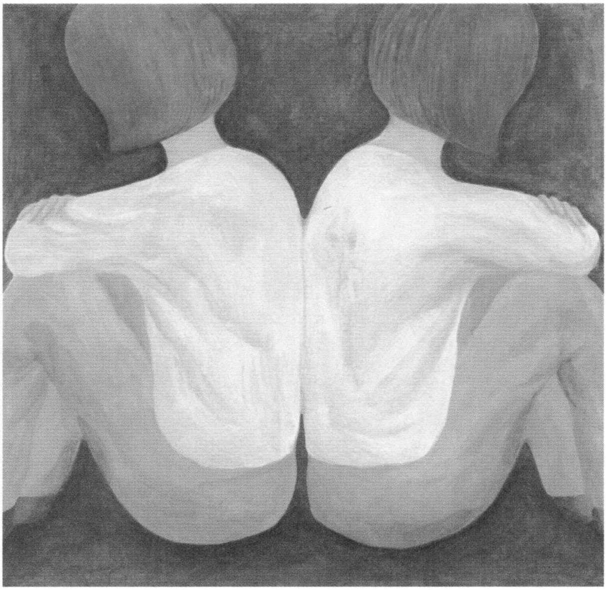

놀이 규칙을 바꿔보자

| 그림 | 피터르 브뤼헐, 〈아이들의 놀이*Children's Games*〉

너와 내가 아무 상관없이 길거리를 지나다니는 사람과 같은 사이였다면
이렇게 미워할 일도 없었을 거야.
무언가 같이 해보겠다고 뜻을 모았기 때문에 부딪히고 충돌하는 거겠지.
우리는 너무 다르다고 소리쳤지만 너무 다른 사람은 애초에 함께할 수 없어.
처음부터 싸우고 증오하기 위해 만난 것은 아니었잖아.
같이 잘해보자고 응원하며 시작했는데
왜 이렇게 서로를 못마땅하게 여기게 되었을까.
존중하며 아껴줬었는데 어느새 자기 말만 내세우느라 바빠졌을까.
흥에 겨울수록 넘지 말아야 할 선을 넘게 되고
하지 말아야 할 행동과 말이 튀어나오는,
아직 서툰 아이들의 놀이처럼 서로를 대했어.
놀이 도구였던 장대는 폭력의 도구가 되고,
놀이노래였던 가사는 비난의 소리로 들리고,
미소는 비웃음으로 장난은 비아냥거림으로 보이자
서로 등을 돌렸지.
어때, 처음으로 돌아가 놀이 규칙을 새로 세워볼 테니 나랑 다시 놀아볼래?

완전한 공감

| 책 | 베르나르 베르베르《개미》

너는 나를 완벽히 이해한다 말했지만,

내가 너를 온전히 이해하지 못하듯이,

네가 내가 될 수 없고 내가 네가 될 수 없는 것과 같이,

모든 것을 이해한다는 것은 불가능해.

완벽하게 생각이 일치할 수는 없는 거야.

그저 서로를 이해하기 위해 노력하는 거겠지.

우리의 생각은 그 구불구불한 경험의 길을 거치고

복잡한 기억의 망에 걸러져 나오잖아.

살아온 방식과 축적해온 시간은

수많은 사잇길을 미로처럼 만들어놨어.

미로 같은 내 마음의 길도 못 찾고 헤매는데

너의 길은 더더욱 알기 어렵겠지.

우리가 개미처럼 페로몬을 통해 모든 기억까지 공유한다면

더듬이가 맞닿아 서로의 지난날을 생생하게 볼 수 있다면

지금보다는 조금 덜 아프고 덜 고통스러울 텐데.

오해가 오해를 낳아 서로가 멀어지는 일은 없을 텐데.

좋아하는 사람들을
더 좋아해주는 방법

| 그림 | 제임스 티소, 〈상점 판매원*The Shop Girl*〉

나도 모르게 오늘도 걔의 눈치를 보고 쟤의 비위를 맞추느라 고단한 상태로 집에 돌아왔다.
제임스 티소의 〈상점 판매원〉 속 그녀가 나에게 말한다. 나도 마찬가지예요. 조금 전까지 손님의 비위를 맞추며 온갖 시중을 다 들었는데도 그냥 나가더라고요. 그래도 마지막까지 최선을 다하려고 미소를 띠고 있는 거 보이나요?
그녀의 입은 웃고 있지만, 눈은 슬퍼 보인다. 그녀의 얼굴에서 내가 보인다. 누가 시킨 것도 아닌데 모든 사람에게 잘 보이려고 노력하고 있는 나를 보게 된다. 그녀처럼 옷을 팔아야 하는 입장은 아니지만, 복잡하고 거대해진 사회만큼 우리의 활동 범위도 넓어졌다. 그만큼 인간관계는 얽히고설키게 되었다. 이번에는 스치는 인연이지만 다음번에는 거래처 사람이 될 수도 있고 직장 상사가 될 수도 있다. 언제 어디서 다시 만날지 모르니 나쁜 인상을 남겨서 좋을 것은 없다는 인식이 박

혀버렸다. 뭐든지 웃어넘기며 괜찮은 척하는 게 예의가 되었다. 남의 기분을 잘 파악하고 처세에 능해야 사회생활을 잘하는 것이라고 인정하게 되었다. 겉도는 얕은 관계에서 가면을 쓰는 것은 익숙해지고, 오히려 깊은 관계에서 자신을 보여주는 것은 불편해하는 사람들도 생겨났다. 그들은 중요한 순간에 진심을 주는 법마저도 잃어가고 있는 것처럼 보인다.

그런데 밖에서 가짜 웃음으로 여러 사람을 상대하느라 지친 채 집으로 돌아오면 내 옆을 지키는 소중한 사람들에게 진짜 웃음을 지을 힘이 남아 있지 않게 된다. 우리의 에너지는 정해져 있어서, 불필요한 데까지 힘을 쏟다가 정작 내가 사랑하는 사람들에게 줄 것은 남겨두지 못한 것이다. 엄마에게 짜증 내고 아빠를 못 본 척하고 연인에게 툴툴댔던 건 내 몸의 연료를 밖에서 전부 태우고 남은 찌꺼기로 그들을 상대했기 때문인지 모른다.

모든 사람에게 만족을 줄 만큼 나의 에너지는 충분하지 않기에 걔와 쟤를 그만 신경 쓰기로 했다. 내가 노력해도 나와 맞지 않는 사람, 나를 싫어하는 사람까지 만족시킨다는 건 불가능하다. 이제는 에너지를 모아뒀다가 내가 꼭 챙겨야 할, 좋아하는 사람에게 더 많이 웃어주려 한다.

티소의 그림 속 그녀도 이 책을 보는 당신도 오늘은 사랑하는 사람에게 쓸 에너지를 조금 더 비축할 수 있길 바라며.

여보세요,
고독협동조합이지요?

| 책 | 스와보미르 므로제크, 〈'고독'협동조합〉

"여보세요? 고독협동조합이지요? 오늘 제가 아주 힘들었거든요. 종일 망아지처럼 이리 뛰고 저리 뛰고 노력했지만, 결과는 처참했어요. 사실 그것에 대해서 더는 말하고 싶지도 않아요. 혀조차도 무거운 느낌 아세요? 그러니 세세히 묻지는 말아주세요. 너무 지쳐서 고단해요. 단지 술잔을 같이 부딪쳐줄 친구가 필요했어요. 저는 많은 걸 바랐던 게 아니에요. 제 문제를 해결해달라는 것도 아니고, 왜 이렇게 됐는지 시시콜콜 따져보자는 것도 아니에요. 마음이 통하는 동성 친구들과 부담 없이 함께하는 시간을 원했을 뿐이죠. 그런데 그 누구도 오늘 밤은 저와 있어줄 수 없대요. 상관없다고 생각했어요. 혼자도 괜찮거든요. 사람은 누구나 외롭고 언제나 혼자인걸요. 혼자인 게 당연해요. 그

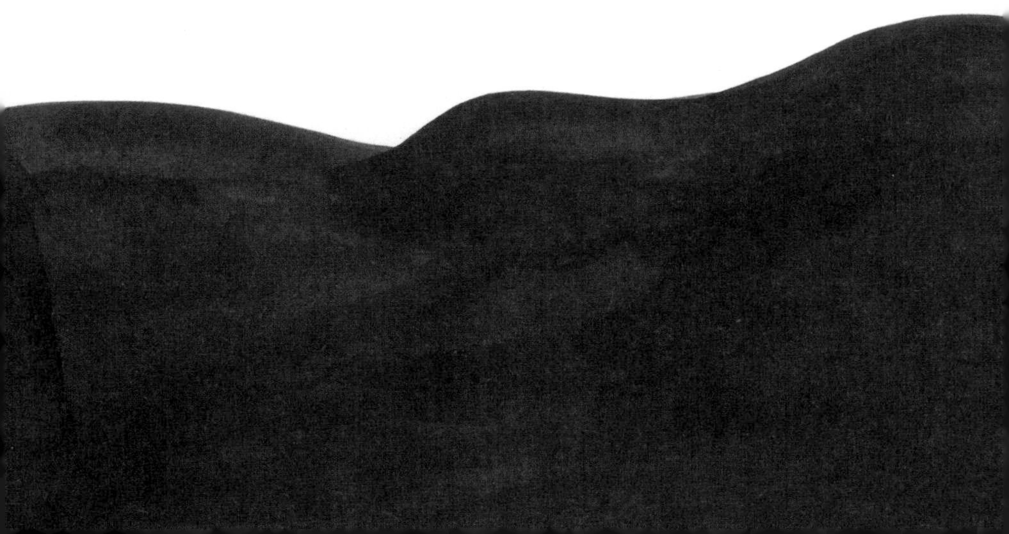

런데 왜 저는 이 공허함을 매번 받아들이기 어려울까요. 언제쯤 적응하게 될까요. 한잔 두잔 술이 들어갈수록 어째서 더 외롭고 서러워질까요. '수고했다. 괜찮다'라는 말 한마디 듣는 것도 제겐 사치인가요? 세상은 무슨 이유로 그런 기회마저도 저에게서 뺏어 가려는 걸까요. 제 마음을 얼마큼 딱딱하게 만들려고 그러는 걸까요. 보드라운 흙먼지 같았던 제 감정의 바닥을 아스팔트처럼 단단히 굳혀서, 그 위로 덤프트럭들이 쌩쌩 달려도 마음이 파이지 않게 해주려는 자상한 배려일까요? 저는 맨발로 제 마음을 거닐고 싶어요. 굳어서 딱딱해지기 전에요. 아스팔트가 되기 전에요. 그래서 전화를 걸었습니다.

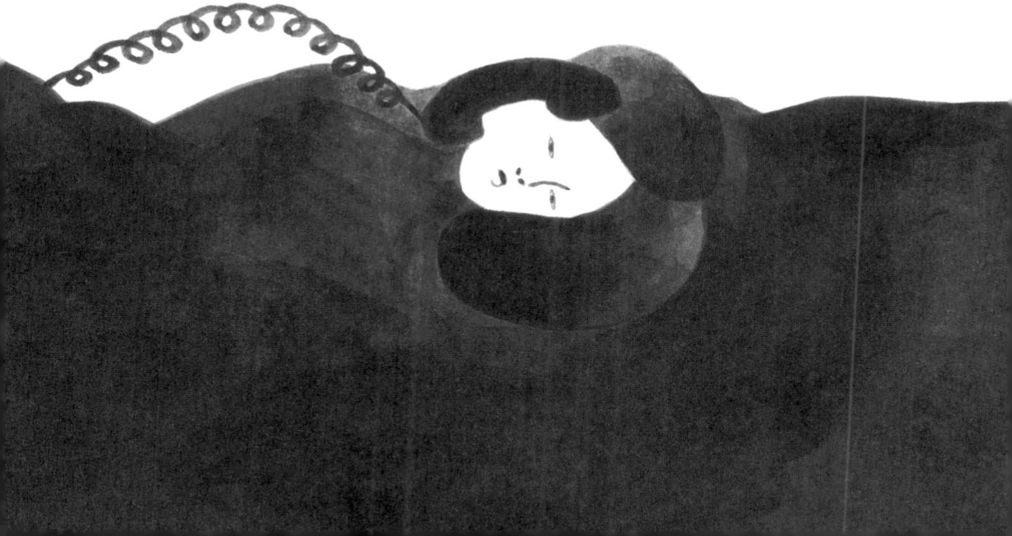

…….

네, 압니다. 제 고독이 누군가의 주머니를 채워줄 수 있다면 그리 쓸모없는 것만은 아니네요. 그 정도 요금은 생각하고 있었습니다. 저렴한 편이네요. 그럼요, 고독협동조합이 국가 경제에 얼마나 이바지하는지 잘 알죠. 이곳을 통해 소비되는 그 어마어마한 양의 술은 제법 큰 경제적 역할을 하고 있지요. 오시는 직원분과 저도 경제 발전에 보탬이 되도록 열심히 노력하겠습니다.

저, 그런데……, 이왕이면 젊고 지적이고 유머러스한 분으로 보내주시겠어요? 몸 좋은 건강한 분이면 더 좋고요. 아, 중요한 말을 빠뜨렸군요. 꼭 남자분으로 부탁합니다."

동질의 기준과 편협한 판단

| 그림 | 마크 로스코, 〈무제(빨강, 주황)*Untitled(Red, Orange)*〉

'나'는 음식을 먹지 않았다. 평소에 가리는 음식은 없으나,

낯선 향에 구미가 당기지 않았다.

새로운 시도를 주저했다는 생각에 기분이 좋지 않다.

'너'도 음식을 먹지 않았다. 너는 채식주의자다.

고기가 들어간 음식이라 거부했다.

신념을 지켰다는 생각에 기분이 좋다고 했다.

'그'는 음식을 먹었다. 아무 음식이나 잘 먹는 스타일이다.

이번 또한 별생각 없이 먹었다.

배가 부르니 기분이 좋다고 했다.

'그녀'는 음식을 먹었다. 다이어트 중인데,

희귀 음식이라는 소리에 배를 채웠다.

바로 후회를 했고, 기분이 좋지 않아 한다.

나는 나처럼 기분이 좋아 보이지 않은 '그녀'에게 유대감을 느꼈고,

평소 식습관이 비슷한 '그'에게 동질감을 느꼈다.

그러나 기분, 평소의 생활 방식, 신념 등과 상관없이

사람들은 눈에 보이는 결과에 따라

음식을 먹지 않은 '너와 나'를 같은 그룹으로 묶곤 한다.

비슷해 보이는 둘은 같을 수도 가장 다를 수도 있다.

나는 네 농담이 하나도 재미없었어

| 책 | 밀란 쿤데라, 《농담》

너는 그랬어. 내가 혼자 있을 때 하는 행동들, 살아온 시간, 내가 가진 뒷모습에는 관심이 없었어. 너와 연관된 부분에서만 나를 보려고 했지. 너는 네가 보고 싶은 것만 보고, 듣고 싶은 것만 들으며 환상을 만들어냈고, 내가 그 안에 너만의 인형처럼 존재하고 있을 거라 믿었어. 원래의 내 모습은 처음부터 원하지 않았어. 오로지 너 자신에 취해서 다른 것은 보이지 않았겠지. 내가 너의 방식을 좋아하는지 아닌지는 신경 쓰지 않았어. 그저 자신의 연인에게 이 정도는 해줄 수 있는 남자라는 뿌듯함에 황홀해하는 듯 보였어.

너를 곱씹다 보니 《농담》의 루드비크가 생각난다. 그는 파멸된 자신의 삶을 보상받기를 원했고, 그에게 연애와 여자는 자유의 상징이었겠지. 그래서 그에게 루치에와 함께하는 시간은 단순히 육체적 욕망을 채우는 것을 넘어서 과거를 치유하는 시간, 억압된 현재에 대한 작은 반항, 철조망과 통제에서 잠시 벗어날 수 있는 유일한 숨구멍이었을 거야.

루드비크는 자유를 향한 열망에 눈이 멀어서 루치에가 원하는 것은 보이지 않았고, 보려고 하지도 않았어. 그는 그녀로부터 상처받았다고 했지만, 그가 한 행동들이 그녀에게도 상처가 되었지. 그녀도 그만큼 위안이 필요하다는 걸 그는 전혀 몰랐어.

상대를 모른 채 하는 행동과 말은 매우 위험해. 악의 없이 툭 던진 말, 분위기를 풀기 위한 유머, 단지 놀리기 용도의 우스갯소리 같은 경우는 특히 더. 그런 말들은 서로를 잘 아는 상황에서, 진심이 담기지 않았다는 것을 서로가 인지할 때만 가능해.

루드비크는 루치에뿐 아니라 예전에 자신이 좋아했던 마르케타의 성향도 잘 안다고 생각했지만, 결국엔 잘 알지 못했기에 자신을 파멸로 이끈 농담을 건네고 말았지. 마르케타가 모든 것을 심각하게 받아들이는 성격임을 알기에 그녀를 골려주려고 했던 농담이었어. 하지만 마르케타는 생각보다 훨씬 더 진지했고, 루드비크가 속한 사회와 당원들은

그의 정치적인 농담을 받아들일 수 없을 만큼 경직되어 있었어. 당시 대학과 동지들은 자신들이 이루려던 것과 다른 사상을 가졌다며, 루드비크를 사회에서 축출하지. 그는 자신이 속해 있던 곳에 대해서도 자만했던 거야.

받아들일 수 없는 농담은 독이 든 진담이 되곤 해. 너무 가벼워 뱉자마자 증발해버릴 듯한 말들이 자신을 향해 무겁게 내려앉아, 자신의 모든 것을 빼앗고 끝내 잊히지 않게 인생에 새겨질 줄은 루드비크도 몰랐겠지.

지나간 너에게 말하고 싶어. 너는 나를 잘 안다고 착각했지만, 나에 대해 조금도 알지 못했어. 물론 알려고 하지도 않았겠지. 그래서 나를 파악하지 못한 채 했던 너의 그 잔인한 농담들.

"나는 네 농담이 하나도 재미없었거든!"

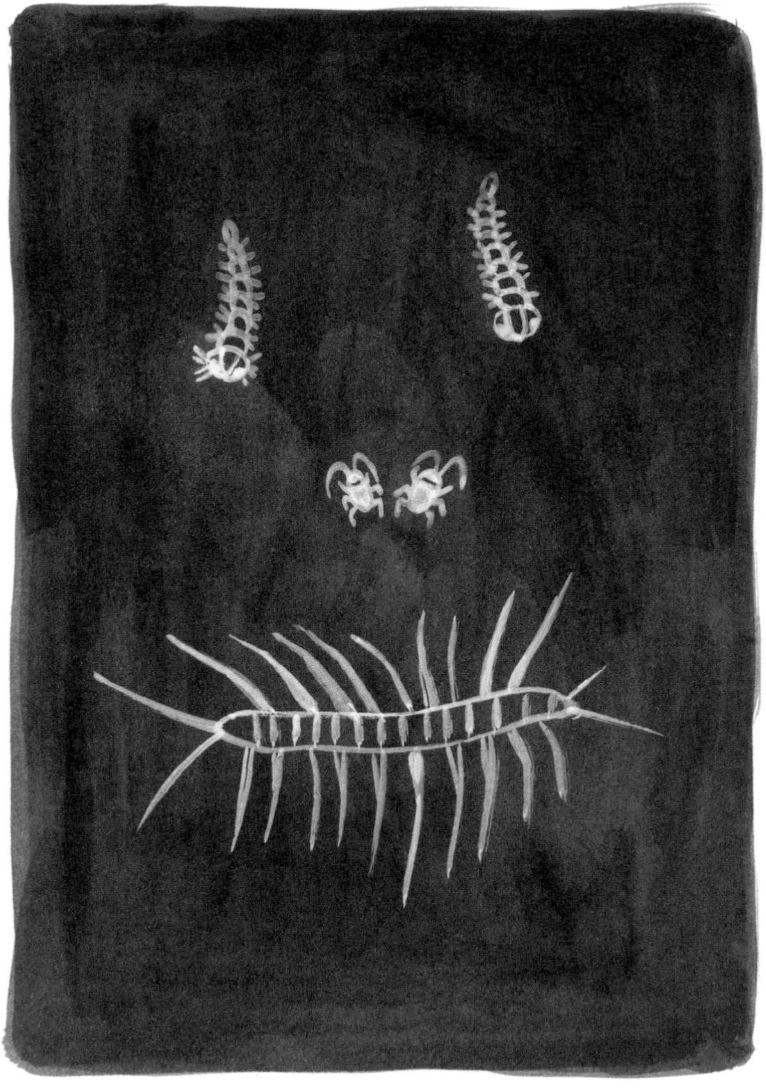

대신 욕해주기!

| 책 | 기 드 모파상, 〈비곗덩어리〉

너의 이기심에 치가 떨린다. 고상하고 우아한 척하는 표정 밑으로 고여 있던 더러운 침이 흘러내린다. 너의 쇄골을 타고 심장까지. 네가 필요할 때 쓰고 버리는 위선적 태도와 편견, 더러운 욕망, 거짓된 말투가 가슴 가득 쌓여 있구나. 네가 원하는 것은 고작 돼지 같은 거대한 위를 채워주는 것. 향긋한 꿀과 떡일지언정 너의 냄새나는 위액과 뒤섞이면 어차피 더러운 똥으로 나올진대 그것이 그리도 필요했던 것이냐. 그래도 그 똥이라도 만들어준 루세 양에게 조금이라도 고마워하고 미안해했다면 너의 치졸함이 이렇게까지 징그럽진 않았을 텐데. 챙겨주는 척하면서 너의 이득을 위해 약한 사람을 이용하고 버리는 너의 이중성까지 더해지니, 그녀가 겪었을 모욕감이 찌릿하게 느껴져 견딜 수가 없다. 너의 간질거리는 눈빛은 장구벌레처럼, 너의 버둥거리는 입술은 그리마처럼, 너 따위를 숨 쉬게 하고자 벌렁거리는 두 개의 콧구멍은 바퀴벌레처럼 혐오스러워 등골이 오싹해진다. 온몸에 소름이 돋아 더는 바라볼 수가 없다. 비열함을 감추기 위해 남을 짓누르고 권위를 휘두르며 점잖은 척 그리도 바쁘게 움직인 너. 우리의 루세 양은 고작 그런 너를 위해 몸을 더럽히고 굴복해야 했던 것이다.

경멸스러운 인간들로부터 경멸스러운 눈빛을 받는다는 게 어떤 것인지 경멸스러운 네가 알 리가 없지.

나를 아는 당신

| 그림 | 에드바르 뭉크, 〈멜랑콜리-라우라*Melancholy, Laura*〉

멍한 얼굴과 퀭하고 초점 없는 눈으로
빛을 등지고 앉아 있는 한 여자가 있다.
고독과 우울, 침묵이 존재하는
그 방을 보고 있으면
나도 함께 공허해질 것 같지만,
오히려 채워지는 기분이 드는 이유는
그녀도 나와 같은 감정이라는
동질감이 주는 위안 때문일 것이다.

귀 기울여주세요

| 책 | 안톤 파블로비치 체호프, 〈애수〉

슬픔이 처절한 이유는
그 슬픔을 아무도 몰라준다는 데 있다.
슬픔은 우리의 두 눈을 가리곤 한다.
그러면 지금 있는 곳이 어딘지도 알 수 없고
사방을 헤매며 방황하게 되는데,
그 누구도 길을 알려주려 하지도
눈먼 우리의 손을 붙잡아 주지도 않기에
벼랑 끝에 내몰린다.
〈애수〉에서 아들을 잃은 이오나는
결국 자신의 늙은 말에게
아주 열심히 모든 것을 이야기한다.
누구에게라도 알려야겠다는 심정으로.
슬픔의 눈가리개를 벗겨달라고.

오춘기를 응원하며

| 그림 | 에드바르 뭉크, 〈사춘기*Puberty*〉

어른이 되는 과정은 끝을 알 수 없는 긴 터널을 통과하는 것과 같아서 바깥세상에 대한 설렘보다는 두려움이 크고, 어둠 속에서 길을 잃고 방황하기 쉽다. 뭉크의 〈사춘기〉 속 소녀는 꾹 다문 입술, 또렷한 눈동자, 빳빳하게 세운 등허리로 자신의 혼란스러움을 감춰보려 한다. 하지만 몸에서 막 빠져나온 듯한 검은 그림자는 육체적·정신적 변화에서 오는 혼돈, 불분명한 형체의 불안함과 두려움을 드러내고 있다.

그런데 소녀는 알지 못할 것이다. 10대의 방황과 20대의 고민보다도 지금의 나와 같은 30대의 결정이 훨씬 힘들다는 것을. 10대 때는 어른들을 통해 배운 것과 내가 느끼는 세상이 다르게만 보여 모든 것을 부정하게 되고, 그로 인해 가치와 생각을 새롭게 쌓아가느라 혼란스럽다. 20대에는 재정비한 생각들을 펼쳐보려 하는데 세상은 내 맘대로 되지 않고, 점점 먹고살기 어려워지는 사회는 나를 받아줄 것 같지 않다. 이리 치이고 저리 치이며 타협해야 하는 현실이 만족스럽지 못하다. 그렇게 어려운 선택을 한 후 한 발짝씩 내디디며 30대가 되었는데

갑자기 이제까지 걸어온 길이 맞는 방향인지 의문이 들기 시작한다. 그렇다고 무모하게 다시 처음으로 돌아갈 용기도 없고, 가던 길을 계속 가보자니 삶에 즐거움이 없어 마음을 다잡기 어렵다.

30대의 오춘기는 사춘기보다 더 힘들다. 어릴 때의 투정은 자연스러운 성장 과정으로 여기기에 주변에서 토닥이며 받아주지만, 30대의 방황은 누구에게도 쉽게 말할 수 없다. 나를 위해 조언해주는 지도나 나침반도 없다. 이제까지 축적해온 나만의 감을 믿고 방향을 잡을 수밖에 없다. 더구나 무엇을 다시 선택할지의 고민에 앞서, 몇 년 동안 쌓아온 모든 것을 허물고 다시 새로 시작하기에는 그동안의 시간과 노력이 아깝다는 생각이 든다. 다른 친구들은 이미 저 앞에 달려가고 있는데 지금과 다른 길로 다시 뛰기에는 앞길이 까마득하다. 몇 번의 실패를 겪으면서 의지만 있다고 무조건 잘된다는 보장이 없다는 걸 알게 되었다. 조심성이 생기면서 도전이 어려워진다.

하지만 40대가 되고 50대가 되어도 우리는 여전히 선택의 기로에 놓이게 될 것이다. 그때마다 지나온 길을 후회하면서, 한편으론 늦은 것은 아닐지에 대해 고민하다 주저앉을 수는 없다.

몇 년 동안 움켜쥔 주먹을 펴본 적이 없는 사람은 처음 쥐고 있던 것이 계속해서 손안에 있을 거라고 자신하지만, 손에 쥐고 있던 그것은 어느새 손가락 사이로 모래처럼 빠져나가 버렸을지도 모른다. 나는 이미 빈손일지도 모른다는 사실을 확인할 용기가 필요하다. 손가락을 펴는 사이에 날아가 버릴까 봐 두려워 아무것도 없는 손을 계속 쥐고 있다면 나중에는 정말 아무것도 가진 게 없는 사람이 될지도 모른다.

가슴에 새기다

| 책 | 이반 투르게네프, 《첫사랑》

"모르겠다고요? 그렇다면 더 좋지 않군요. 당신에게 경고하는 것이 나의 의무라고 생각됩니다만. (……) 여기 공기는 당신에게 해로워요. 내 말을 믿으세요."*

주변에서 아무리 충고해봐야 들리지 않을 때가 있다. 결국, 내가 다치고 아파본 후에 그 말의 뜻을 이해하게 된다. 미련이 남아 후회하는 것보다 일단 깨지고 넘어진 후 뼈저리게 깨닫는 것도 나쁘지 않다. 그래야 같은 실수를 반복할 위험이 줄어들 테니까. 바보 같은 행동을 다시 하게 되더라도 후폭풍에 대한 마음의 각오가 되어 있을 테니까.

* 이반 투르게네프, 최진희 옮김, 《첫사랑》, 펭귄클래식코리아, 2015년, 85~86쪽.

훌쩍 떠나고 싶은 오늘

| 책 | 폴 서루, 《여행자의 책》

| 책 | 앙드레 지드, 《지상의 양식》

"그만두고 싶어! 어디로든 떠나고 싶어!"

거의 일주일 내내 과중한 업무에 시달리는 친구들. 나와 만날 때마다 그들은 이 말을 입에 달고 있다. 아침에 눈을 떠 출근 준비로 거울을 보며 하는 첫 번째 생각은 '이렇게 하루가 또 반복되는구나, 다른 하루를 시작하고 싶다, 떠나고 싶다'라고 한다. 하루를 시작하는 순간에 끝내고 싶다는 생각으로 사는 것이다. 꽉 조여진 틀에 갇혀 있는 직장인들은 프리랜서를 부러워하곤 한다. 많은 이들이 프리랜서는 아무 때나 자유롭게 일터를 떠나고, 원할 때 새로운 환경으로 옮길 수 있을 거라는 환상을 가지고 있다. 그러나 쉽게 떠나지 못하는 것은 프리랜서인 나 역시 마찬가지다. 한여름에는 에메랄드빛 지중해에서 시원한 칵테일 한 잔을 옆에 두고 작은 수첩에 끄적이며 여유롭게 스케치하는 것은 드라마에서나 있는 일이다. 항상 빠듯한 마감 일정은 작업대를 떠나서는 도저히 맞출 수 없다. 실제 내가 있는 곳은 홍대 근처의 찜통 같은 작업실의 컴퓨터 앞 물감 더미 속이다.

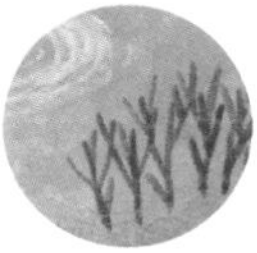

여름 시즌에 맞춰 기획된 지중해 휴양지 기사에 들어갈 일러스트를 위해 인터넷에서 마요르카, 코르시카, 몰타, 카프리, 크레타 섬 사진을 검색한다. 내 컴퓨터의 '지중해' 폴더에는 내 여행 사진이 아닌 그곳에 다녀온 모르는 이들의 사진과 그곳을 곧 가게 될 잡지 구독자들을 위한 그림이 들어 있다.

시간의 사용 문제는 여의치 않은 물리적 상황도 중요하지만, 심리적인 제약에 의해서 어떻게 쓸지가 정해진다. 프리랜서는 미래에 대한 불안으로 일을 손에서 놓기가 무척이나 어렵다. 혹시 내일 당장 일이 없어 오늘 놀다가 내일은 베짱이처럼 얼어 죽지는 않을지, 물 들어올 때 노 젓지 않다가 영영 노를 젓지 못하게 되는 건 아닐지 걱정하지 않을 수 없다. 그래서 다른 이들에게만 자유로워 보일 뿐, 항상 탈출을 꿈꾼다. 마감의 길고 지친 레이스를 마치고 나면 이렇게 사는 게 맞는지 회의감이 드는 것도 직장인들과 다를 바 없다. 그럴 때는 지친 나를 일으키기 위해 여행기를 읽으며 간접 여행을 하곤 한다.

오늘은 폴 서루의 《여행자의 책》을 집는다. 저자가 모아놓은 체호프, 서머싯 몸, 헤밍웨이 등 여러 작가의 여행에 관련된 이야기, 낯선 지명과 음식들, 오지와 시련에서 얻은 통찰을 따라가 본다. 그러면 자기합리화와 새로운 핑계로 현실에 머물려고만 했던 나태한 나의 마음속에서는 여행을 통해서만 얻을 수 있는 자유와 사색에 대한 동경과 열망이 끓기 시작한다. 당장 떠나진 못하지만, 마치 여행을 준비하듯 마음이 부풀어 오른다.

그래서 대리만족과 해방감을 더 맛보기 위해 연달아 앙드레 지드의 《지상의 양식》까지 펼쳐본다. 그런데 그가 다그친다. 힘들게 일했다는 것을 자랑으로 여기는 사람들을 좋아하지 않는다고. 그게 힘들다면 다른 일을 하는 편이 나을 거라고. 그리고 네가 있는 환경이 너와 흡사하게 되거나 네가 그 주위를 닮게 되면 그곳에서는 이미 더 얻을 것이 없으니 떠나라고. 책에서 읽기만 하면 다 되는 것은 아니니 맨발로 직접 느껴보라며 그에게 따끔한 한마디를 듣고 말았다.

그래, 이번 마감만 끝나면 짧게라도 떠나봐야겠다!

대안의
대안을 찾아서

| 그림 | 조르주 쇠라, 〈그랑드 자트 섬의 일요일 오후*A Sunday Afternoon on the Island of La Grande Jatte*〉

자신을 위로하는 방법을 가까운 곳에서 그때그때 찾아보려고 하는 편이다. 유럽 여행은커녕 마감을 앞두고 쉴 수도 없는데 그것들이 이뤄지길 바라고 있다가는 짜증만 더 커지기 십상이다. 파리로 떠나고 싶을 때는 밀푀유와 함께 홍차를 마신다거나, 어차피 밤새도록 일할 거라면 30분이라도 낮잠을 청하며 스트레스를 푼다. 그래도 복잡한 마음이 가시지 않을 때면 시야가 탁 트인 곳에 가고 싶어진다. 답답한 마음을 눈으로 뚫을 수 있을 거라 믿는 건가 보다. 그럴 때마다 바다가 보고 싶어지지만 당장 갈 수도 없다.

바다 대신 선택한 곳은 한강. 서울에서 제일 좋아하는 곳이다. 힘든 일이 있거나 머리가 복잡할 때면 귀에는 이어폰, 한 손엔 맥주를 들고 바다처럼 널따랗고 거리낌 없이 흘러가는 물결이 있는 그곳을 찾는다. 수많은 차는 어디에 숨어 있다가 쏟아져 나온 것인지 도로의 아스팔트가 보이지 않을 정도로 돌아다니고, 그 조금 남은 틈을 메우려 사람들이 개미처럼 줄지어 있는 서울 도심 속에서 한강은 선물 같은 곳이다.

빽빽한 건물 사이를 가로질러 한강이 시원하게 뚫려 있지 않았다면 서울은 훨씬 숨 막혔을 것이다. 한강이 그저 고마울 뿐이다. 그런데 마음을 시원하게 뻥 뚫어주던 그곳도 주말에는 즐거움을 누릴 수 없다. 평일 낮과 같은 평화로움을 기대하지는 않았지만, 주말에 찾아간 한강은 초록 잔디를 보이면 절대 안 된다는 듯 텐트가 빼곡히 자리하고 있었다. 이곳이 한강공원인지 피난대피소인지 캠핑박람회장인지 알 수 없을 정도다. 마땅히 자리 잡을 곳을 찾지 못하고 서성이다가 집으로 발길을 돌렸다.

이제 주말에 한강이 그리울 때는 조르주 쇠라의 〈그랑드 자트 섬의 일요일 오후〉를 대신 보려고 한다. 따스한 햇볕을 받으며 잔디밭에 삼삼오오 모여 앉아 여유롭게 휴일 오후를 즐기고 있는 그들 안에 내가 있다고 상상해본다. 우리는 쇠라의 그림처럼 한강의 일요일 오후 햇빛을 다 같이 나눠 가질 수 없는 걸까.

비 오는 수요일엔
빨간 우산을

| 그림 | 구스타브 카유보트, 〈파리, 비 오는 날*Paris Street; Rainy day*〉

비 오는 날에는 뜻하지 않게 번거롭고 당황스러운 일들이 생기곤 한다. 우산 없이 외출했는데 소나기를 만난다거나, 달리는 자동차가 튀긴 흙탕물을 뒤집어쓰기도 하고, 버스를 타거나 내릴 때 우산을 접거나 펼치며 튀긴 빗방울에 옷이 젖기도 한다. 그래도 비 오는 날이 좋다. 도시의 소음을 덮어버리는 빗소리, 마음을 차분히 가라앉히는 비 냄새, 비와 천생연분인 동동주와 해물파전, 눅눅한 공기 중에 퍼지는 차향…….

그중 도시에 살면서 비가 좋아진 또 다른 이유는 '내 공간'이 생겨서다. 복잡하고 번화한 거리를 걷다 보면 타인과 어깨를 부딪히기도 하고 원치 않는 눈 마주침도 일어난다. 기본적인 신체 활동 범위도 보장할 수 없이 부대끼는 도시의 밀도는 숨 막히기만 하다. 하지만 비 오는 날 우산 아래에서는 당당하게 내 영역을 확보하고 자유롭게 타인의 시선을 차단할 수 있다. 나만의 세계에 빠져들 수 있다. 나에게는 여유를 보여줄 것 같지 않은 무정한 이 도시도 비 오는 날만큼은 우산 아래의 움직이는 내 땅을 허락해준다.

고양이를 키워볼까?

| 그림 | 레오노르 피니, 〈일요일 오후*Dimanche Après-Midi*〉

직업의 특성상 동료 없이 집에서 홀로 일을 하고, 혼자 살고 있으니 약속이 없으면 24시간을 혼자 보내는 날이 대부분이다. 주변에서는 이런 내 모습이 꽤 외로워 보이나 보다. 개나 고양이를 키워보는 게 어떻겠냐는 소리를 자주 듣는다. 나는 내 한 몸도 제대로 챙기지 못하는데 과연 반려동물을 잘 돌볼 수 있을지 모르겠다고 했다. 친구들과 어울리다 보면 밤이 깊도록 밖에 있거나, 가끔이지만 예정 없이 집을 비울 때도 있는데 종일 나만 기다리고 있는 누군가가 있다는 게 부담스러웠다.

동물을 한번 키우게 되면 어떤 일이 있어도 끝까지 보듬어야 하기 때문에 쉽게 결정할 문제는 아니었다. 더구나 사람 사이의 관계도 깊어지면 무겁고 복잡한 감정들 때문에 버거울 때가 있은데, 그것도 모자라 반려동물과도 그와 비슷한 감정의 무게를 쌓아가야 한다는 점에서 잘해낼 자신이 없었다. 외로움은 이미 함께 사는 반려식물들을 통해서 아니면 내 안에서 스스로 채워보겠다고 했다.

이렇게 반려동물은 나와 맞지 않는 것 같다고 장담하던 나인데 레오노르 피니의 〈일요일 오후〉를 보고 있으면 고양이와의 관계 맺음은 다시 한 번 생각하게 된다. 그림 속 소녀들의 얼굴은 고양이와 닮았다. 사람만 한 몸집의 고양이들과 소녀들이 서로 몸을 기대고 어우러져 있는 모습은 소녀 다섯 명, 고양이 여섯 마리가 아니라 소녀 열한 명 또는 고양이 열한 마리처럼 보인다. 서로 꽤 친밀해 보이지만 그들 사이의 거리는 어딘지 모르게 여유롭다. 관계에서 오는 의무나 책임감 같은 무거운 감정들에 얽매여 보이지 않는다.

피니의 그림에는 고양이와 여성이 자주 등장한다. 〈일요일 오후〉에서는 크게 두드러지지 않지만, 다른 그림에서 여자들은 고양이와 같은 도발적인 자세를 취하고 있거나 고양이는 관능적인 여인처럼 보일 때가 있다. 실제로 피니는 자유분방한 연애를 즐겼기에 상당한 연애 편력을 지녔지만, 독신으로 지내며 무려 스무 마리 정도의 고양이와 함께 살았다고 한다.

그녀와 고양이 사이는 한쪽이 키우고 돌보는 종속적 관계가 아닌 진정한 친구, 영혼이 통하는 동반자, 아니면 그녀의 분신쯤이었을지도 모른다. 자유로운 이 관계에서는 성가시게 얽매일 일이 없다. 그런 사이라면 고양이를 키우는 것이 가능할까?

한잔할까?

| 그림 | 미켈란젤로 메리시 다 카라바조, 〈바쿠스*Bacchus*〉

술을 좋아한다. 잘 마시지는 못하지만 땀 흘린 후의 맥주, 하루의 고단함을 달래주는 소주, 분위기를 달궈주는 와인 등 종류를 가리진 않는다. 술은 기쁠 때는 흥을 돋우고 슬플 때는 위안을 준다. 사람 사이의 긴장을 자연스럽게 풀어주는 점도 좋다. 물론 이 모든 좋은 점은 과하게 마시지 않을 때 유지된다. 어릴 때는 술맛도 모르고 그저 부어라 마셔라 어른들 흉내를 냈다면, 요즘은 나이가 들수록 인생이 술에 녹아들어 그 맛이 깊어진다는 걸 느낀다. 그런데 내가 좋아하는 그림과 술이 만났다. 그 그림을 소개하기 전에 술에 대해 조금 더 이야기해본다.

맥주의 핵심은 거품이다. 거품은 맥주 고유의 향이 날아가는 것을 막아주고 탄산을 유지해주므로 중요한 요소다. 이 거품의 역할 때문에 맥주는 따르는 기술이 필요하다. 거품의 양을 적게 따르면 맥주의 맛을 제대로 느낄 수 없고, 반대로 거품을 무리해서 따르다간 술이 흘러넘쳐 탁자가 지저분해진다. 내가 제일 좋아하는 정도는 거품이 잔 윗

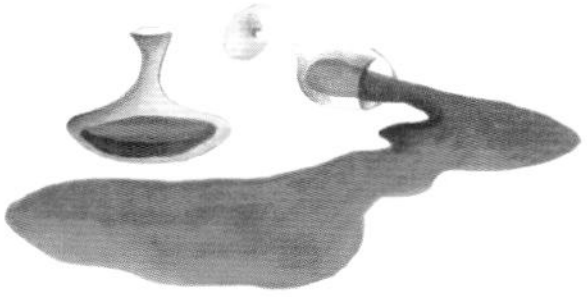

부분에 봉긋하게 올라와 넘칠 듯 말 듯 할 때다. 그 모습이 불안해 입술을 순식간에 갖다 대고 훅 빨아들이게 되는데, 그때의 부드러움과 시원함이 기분을 상쾌하게 한다. 그 맛에 넘칠 듯 말 듯 하게 따라주는 이를 기다릴 때도 있다.

소주도 그런 순간이 있다. 거품이 있는 술이 아니라 따르는 데 기술이 필요한 것은 아니다. 그런데 소주잔은 한입에 털어 넣을 수 있는 양을 담을 만큼 작다. 취하지 않았을 때는 술을 넘치지 않게 담을 수 있는 적당한 크기로 보이지만, 술이 한잔 두잔 들어가 취기가 오르면 작은 소주잔은 더 작게만 느껴진다. 소주병을 살짝만 기울였을 뿐인데, 손에 힘이 풀린 건지 눈의 초점이 풀린 건지 함께하는 이에 대한 애정이 늘어나는 건지 알 수 없는 이유로 잔에 넘치게 따르기 일쑤다. 그러면 역시나 급하게 잔에 입술을 갖다 대고 스르륵 넘기게 되는데 그 맛 또한 정말 짜릿하다.

하지만 맥주와 소주와는 전혀 다르게 잔이 넘칠 걱정이 없는 술이 와인이다. 와인은 잔의 5분의 1가량만 담고 빙글빙글 돌려 잔의 남은 공간에는 그 향을 풍부하게 채우기 때문이다. 그러니 아무리 술에 취해 손에 힘이 풀린다 한들 상대방에게 내 애정을 표현하고 싶다 한들 넘치도록 가득 따라줄 일도 받을 일도 거의 없을 것이다.

그런데 만약 발그레한 볼의 청년이 살짝 풀린 눈빛으로, 그리고 한 손은 옷깃을 움켜잡은 채 둥근 풍선형의 잔이 아닌 얕고 널따란 잔에 가득 담긴 와인을 건넨다면? 술의 물결이 일고 있는 것으로 보아 까딱하다간 넘칠 것만 같은 그 잔이 바로 눈앞에 있다면? 앞에서 소개하고자 했던 그림이 바로 카라바조의 〈바쿠스〉다. 이 그림 속 술의 신 바쿠스는 잘 알고 있었다. 술잔을 받을까 말까 생각할 틈을 주지 않는 방법을. 곧 넘칠 듯한 그 잔에 바로 입술을 대고 말리라는 것을. 그 누구도 그의 유혹을 뿌리칠 수 없음을.

결국 오늘도 술이 생각나고 만다. 오늘 밤엔 와인이나 한잔할까?

머리 위 그곳에는

| 책 | 티에리 파코, 《지붕》

"○○○호에 사세요?"

엘리베이터에 들어서자 먼저 타 계시던 한 아주머니가 말을 건넨다. 등줄기에 식은땀이 흐른다. 어젯밤 기억이 빠르게 머리를 스치고 지나간다. 친구들을 초대해서 늦은 밤까지 음악을 크게 들으며 박장대소하고 수다 떨었는데, 역시 윗집과 아랫집까지 들렸나 보다.

"아, 맞는데요."
"아유, 어쩜 그렇게 조용히 살아요? 사람이 안 사는 줄 알았어요."
"네?"
"아니, 제가 얼마 전까지 그 집 아래층에 살았었는데 지금은 저기 위층으로 이사했거든요. 그런데 윗집 아이들이 얼마나 뛰어다니는지 요즘 머리가 아파 미치겠어요. 그쪽 아랫집에 살았을 때는 정말 조용해서 이런 일에 한 번도 신경 쓴 적이 없었거든요. 고마웠어요."

짧은 순간 심장이 철렁했다가 곧 가슴을 쓸어내렸다. 엘리베이터에서 옆집, 바로 윗집이나 아랫집 사람을 만나지 않은 게 다행이었다.

어릴 적에도 지금과 마찬가지로 아파트에 살았다. 까불기 좋아하는 활달한 언니와 나는 동네 친구까지 집에 끌어들여 온 방을 뛰어다니곤 했다. 여자아이라서 얌전하게 소꿉놀이를 했을 것 같다면 큰 오산이다. 축구를 하겠다고 베란다를 골대 삼아 공을 차며 힘차게 뛰었다. 아래층에 사시는 할머니는 그때마다 올라와 혼내고 가셨지만, 그것도 잠시뿐 우리는 다시 뛰기 시작했다. 지금 생각해보니 그 할머니께 정말 죄송하다. 요즘 시대에는 슬리퍼 없이 맨발로만 걸어 다녀도 발소리가 시끄럽다고 쫓아 올라오는 세상인데, 언니와 내가 어릴 적에 만들어낸 소음은 천장이 무너질 것 같은 강도이지 않았을까.

그런데 아랫집 할머니를 힘들게 한 업보가 우리에게 돌아왔다. 몇 년 후, 4층까지 어디를 통해 들어왔는지 모르겠지만, 우리 집 천장의 합판 위 빈 공간에 쥐가 살게 되었다. 찍찍대거나 우당탕거리는 쥐 소리가 날 때마다 언제든 천장을 뚫고 우리 집으로 침범할 수 있겠다는 생각에 정수리가 근질거리고 신경이 곤두섰다. 그러다 어느 날 부엌 쪽 천장에 난 구멍을 발견했는데, 쥐가 갉은 흔적이었다. 쥐가 집으로 내려오기 전에 그 구멍을 통해 쥐약을 넣고 천장을 잘 봉했지만, 찍찍거리는 환청 때문에 부엌의 천장만 바라봤었다.

요즘에야 집에서 쥐를 만나긴 어렵지만, 윗집에서 바닥에 무언가를 떨어뜨리거나 가구를 끄는 소리가 날 때면 불쾌한 기분으로 천장을 올려다보는 행위는 여전하다. 지붕은 "하늘과 통하고 우주와 맞닿는, 세상의 문턱"*이라고 하던데. 지금은 하늘을 만나려면 많은 윗집 사람을 거쳐야만 한다. 지붕이 들려주던 하늘의 목소리는 윗집 소리에 묻혀 사라진 지 오래다. 좁은 땅에서 위로만 솟구치는 아파트라는 이름의 시멘트 기둥 안에 사는 한 '지붕을 가진다, 세상의 경계와 맞닿는다는 것'은 '좋은 윗집 사람을 만나는 것'이 되어버렸다.

어릴 때는 낭만적인 지붕들을 꿈꿨었다. 속상한 일이 있을 때는 지붕 밑 작은 다락방의 은신처에서 웅크리고 앉아 눈물을 훔친다거나, 천창을 통해 쏟아져 들어오는 별빛 달빛에 취해 잠을 청하기도 하고, 지붕을 뚫고 들어오는 새의 지저귐에 콧노래가 나오는 곳 말이다. 언젠간 멋진 지붕을 가질 수 있을 거라는 꿈을 가지고, 윗집 부부 싸움 소리를 자장가 삼아 잠을 청해본다.

* 티에리 파코, 전혜정 옮김, 《지붕》, 눌와, 2014년.

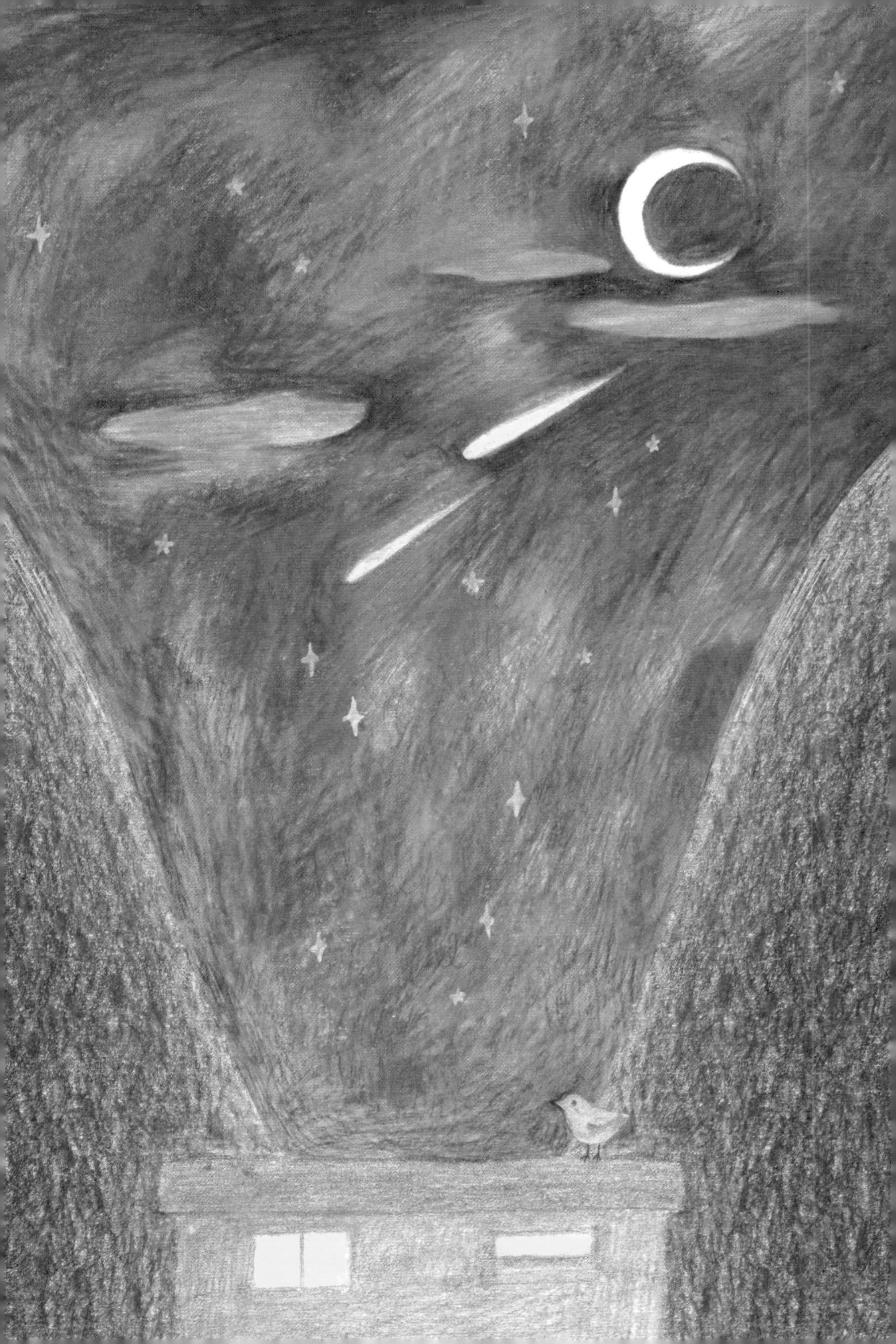

소장품 중 가장
고가의 그림을 소개합니다

| 그림 | 앙리 마티스, 〈이집트식 커튼*Interior with Egyptian Curtain*〉, 〈니스의 프랑스식 창문*The French Window at Nice*〉, 〈콜리우르의 실내*Collioure Interior*〉

자연을 그리는 것을 별로 좋아하지 않는다. 자연을 어떤 상황의 배경으로는 그려도, 그것을 주제로 그린 그림은 거의 없다. 아무리 열심히 그려도 눈으로 직접 본 절경이 그대로 담기지 않고 풍경을 통해 받은 울림도 적절하게 표현되지 않을뿐더러, 그렇다고 왜곡하고 과장해서 그려본들 더 멋지지도 않다. 그것을 담으려 할수록 언제나 좌절감과 안타까움만 남았다. 자연이라는 위대한 예술가와 비교하며 번번이 자격지심만 느끼고 만다.

창틀은 그 위대한 예술가를 위한 액자다. 밖에서 전체를 바라볼 때와 다르게 창은 작품을 감상하듯 한 지점을 집중해서 바라볼 수 있게 해준다. 보잘것없는 방에서도 창을 통하면 모든 예술가가 부러워하는 위대한 예술가의 그림을 감상할 수 있다.

마티스는 창과 테라스를 통해 틀림없이 밖을 자주 내다봤을 것이다. 그렇지 않다면 화폭에서 창을 이렇게 매혹적으로 다룰 수 없다. 〈이집

트식 커튼〉에서는 이집트풍의 커튼보다는 기하학적인 패턴처럼 보이는 나뭇잎이 훨씬 흥미롭게 우리를 끌어당기고, 〈니스의 프랑스식 창문〉에서는 한쪽에 열린 작은 창문을 통해 보이는 니스의 풍경이 그림의 주인공인 양 몰입하게 한다. 〈콜리우르의 실내〉에서는 프랑스 남부 마을인 콜리우르의 푸른 하늘과 바다, 초록빛 산, 테라스에 기댄 여인의 붉은 원피스 색들을 창문을 통해 방 안으로 끌어들여 벽면을 온통 물들였다.

우리의 창밖으로는 마티스의 그림 속처럼 멋진 풍경과 화려한 자연의 색이 보이지 않는다고 실망할 필요는 없다. 건물의 그림자가 햇빛에 따라 달라지면서 만들어내는 퍼즐 조각들, 맞은편 건물 유리창에 비친 흘러가는 구름의 추상화, 제 몸 추스르지 못하고 바람에 나뒹구는 낙엽의 기막힌 행위예술……. 회색 빌딩 숲 안에서도 소소하고 다양한 모습을 보여주는 이들을 관찰하는 재미가 있다.

전시 입장료도 비싼 경매가도 필요 없다. 고개를 들고 눈을 돌릴 마음의 여유만 있으면 된다. 이 최고의 그림은 컴퓨터 모니터로 인해 지친 눈과 쌓인 일 더미로 뭉친 어깨에 잠깐의 휴식까지 준다. 단언컨대 '창밖 보기'는 가격 대비 최고의 사치다.

자연스럽다

| 그림 | 장 바티스트 카미유 코로, 〈망트 풍경*First Leaves, near Mantes*〉

생명의 씨앗을 품은 바람이 살랑이며 찾아왔다.
풋풋한 내음을 실어 콧등을 스치고
온기를 품은 채 뺨을 지나
머리카락 사이사이로 들어와 간지럽힌다.
부드러운 그 손길에
머리카락을 묶고 목덜미를 환하게 드러내
바람을 제대로 맞아들이고 싶어진다.

자연은 그렇게 자연스럽게
문을 두드린다.

그림의 노래 또는
노래의 그림

| 그림 | 미칼로유스 츄를료니스, 〈알레그로-별들의 소나타*Allegro-Sonata of the stars*〉

약빠른 세월의 흘러감도 한순간에 돌려놓을 수 있고
정신을 혼미하게 흔들어 팔다리를 따로 놀게 하고
깊은 밤 어둔 잠에 취한 듯 몽롱함을 주기도 하고
심지어 겪지 않았던 일도 어제 있었던 일인 양 착각에 빠뜨려
가슴을 요동치게 하니
음악에 홀리지 않을 수 없다.

안착하려 할 때 더 깊고 처절한 감정의 골짜기로 밀어뜨리기도 하고
가장 절정일 때를 일시 정지하여 지켜보는 사람마저 흥분시키며
덮여 보이지 않던 미미한 소리를 세상 밖으로 꺼내
우렁차게 떨치기도 하고
어둡고 차가운 새벽으로 끌고 가 한계를 시험하다가
따뜻하게 보듬고 달래며 종요로운 진동을 주기도 하니
그림에 빠지지 않을 수 없다.

내가 사랑하는 이 두 가지 중에 하나라도 없는 세상은 지옥과 같을 터.
반대로 음악과 그림이 함께 뒤엉켜 꾸물거리는 이 공간은
설마 천국이며
츄를료니스는 천상을 설계한 신이었단 말인가.

그의 세상에서 근심 걱정 없이 한데 어우러져
별의 붓놀이에 맞춰 흐느적 날아다닐 수 있다면 좋겠네.
노랗고 푸른 빛이 구름처럼 피어올라 보랏빛 밤을 잠식하는
그들의 교향곡에 함께할 수 있다면 더 바랄 게 없을 거야.

쇼핑에 대하여

| 그림 | 빈센트 반 고흐, 〈프랑스 소설 더미*Piles of French Novels*〉

충동구매 : 매대에 놓여 있는 책의 표지가 멀리서부터 눈에 띄었다. 예쁘다는 표현으로는 부족했다. 아름다웠다. 이건 작품이다! 어느새 책을 손에 쥐고 계산대로 가고 있다.

원 플러스 원 : 북페스티벌에 갔는데 3권 세트를 사면 미니북을 덤으로 준다고 했다. 미니북은 작은 가방에도 들어가니 외출할 때 가지고 다니기 딱 좋다. 어떻게 사지 않을 수 있겠는가.

리미티드 : 구두나 화장품의 한정판 또는 특별한 작가와 컬래버레이션이라고 하면 무조건 사고 싶듯이 책도 초판 사인본, 특별 양장판, 박스 한정 세트가 나오면 소장 욕구가 치솟는 것은 마찬가지다.

유행 감각 : 내가 좋아하는 인디밴드나 신인 아이돌이 갑자기 유명해진다거나, 내가 산 옷을 패셔니스타가 착용하고 나온 후 완판이 되면 누구보다 앞서가는 느낌이 들어 으쓱해지곤 한다. 신간 코너에서 신인 작가의 책을 샀는데 그 책이 얼마 후 베스트셀러에 오르면 자랑하고 싶어진다.

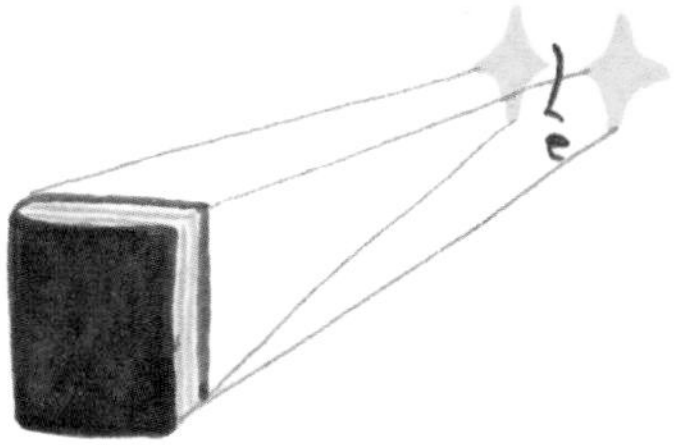

'나는 이 책 초판 있거든. 이 책 내가 키운 거야! 내가 원래 보는 눈이 좀 있어.'

소장 방식 : 명품 숍에 가면 직원들은 고객에게 가방을 보여줄 때 스크래치 방지를 위해 흰 면장갑을 끼고 만진다. 명품 구두를 신고 외출했다가 돌아오면 힐 부분을 깨끗이 닦고 가죽의 먼지를 턴 후 곰팡이가 끼지 않도록 신발장에 잘 보관한다. 책도 마찬가지다. 이 책은 나에게 명품이나 다름없으니 가방 속에서 이리저리 치이게 놔둘 순 없다. 책 전용 파우치를 준비해서 그 안에 넣고 다니는 건 당연하다. 그리고 아무리 예쁘고 값비싼 책갈피일지라도 두꺼운 가죽 소재나 장식이 달린 것은 전혀 눈에 들어오지 않는다. 얇고 장식이 없는, 기본에 충실한 것을 사용한다. 책

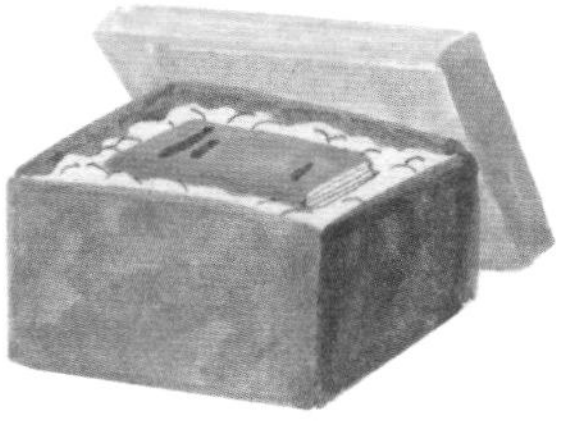

의 종이가 손상되거나 책갈피를 꽂아놓은 페이지가 불룩해져서 책의 원형을 망가뜨리는 것은 참을 수 없다. 책등이 갈라지도록 활짝 펼쳐서 읽는 것도 책을 빨리 낡게 만들므로 좋아하지 않는다. 하얗고 무광인 커버의 책은 아무 곳에나 놓아서는 안 된다. 손때를 묻히고 읽은 흔적과 냄새가 묻어나게끔 닳게 하여 내 것으로 만드는 사랑 방식도 있지만, 그것이 너무 소중해 처음 만났던 순간을 기억하기 위해 온전히 보존하고 싶은 사랑 방식도 있다. 유난 떤다 하지 말고 내 방식도 존중해주길.

로망 : 영화에서 구두, 시계, 가방이 열 맞춰 정리되어 있는 화려한 드레스룸을 봤다. 꿈을 꿔본다. 지금은 거실 구석 남은 공간 이곳저곳에 책이 뿔뿔이 흩어져 있지만 나도 언젠가는 멋지고 고풍스러운 서재 안에 전 세계의 다양한 책을 가득 채우리라는 꿈을 말이다.

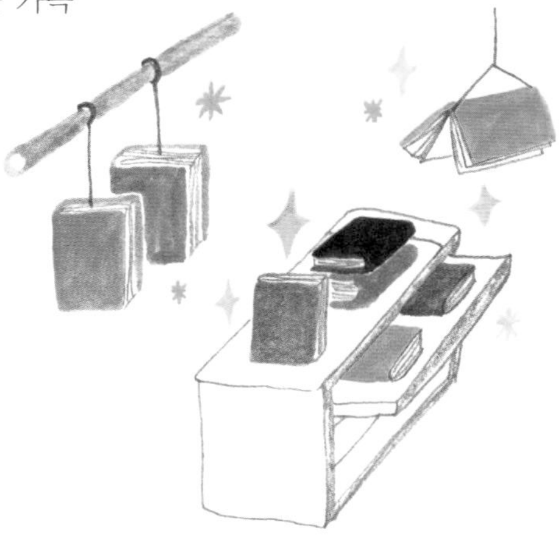

강박 1 : 중고 서점에 갔는데, 살까 말까 고민하다가 집에 읽지 않은 책이 많아서 그것부터 읽고 살 생각에 빈손으로 돌아왔다. 자기 전까지 눈에 아른거려 검색해보니 절판된 책으로 나왔다. 그사이에 누가 사 갔으면 어떡하지?

갖지 못한다면 매일 밤 꿈에 나올 것만 같다. 내일 아침 일찍 사러 가야겠다.

강박 2 : 깜박 가방에 책을 넣지 않고 외출하면 불안해지기 시작한다. 지하철에서 하릴없이 멍하니 앉아 있어야 한다거나, 카페에서 친구가 약속 시간에 늦으면 괜히 스마트폰만 만지작거려야 한다. 자투리 시간에 발만 동동 구르게 된다. 어쩔 수 없이 불안감을 없애 줄 책을 사야 한다.

핑계 : 고흐의 그림 중에 〈펼쳐진 성경, 촛대, 소설이 있는 정물*Still Life with Bible*〉에는 에밀 졸라의 《삶의 기쁨》이, 〈두 권의 책과 장미, 그리고 석고가 있는 정물*Still Life with Plaster Statuette, a Rose and Two Novels*〉에는 공쿠르 형제의 《제르미니 라세르퇴》와 모파상의 《벨아미》가 등장한다. 고흐는 다독가로 유명한데, 그가 남긴 900여 통의 편지 중에 언급한 작가만 150여 명에 이르고 거론한 책이 300권이 넘는다고 한다. 그중 이 세 권은 소품으로서가 아니라 주체로 그림에 등장한다.

이런 책은 빌려 봐선 안 될 것 같다. 소장해야만 한다!

살아가면서 앞으로는 더 많은 선택이 기다리고 있다.
그런데 선택에 앞서 경험이 있다.
다양하고 많은 경험은 선택의 기회를 준다.
그 기회가 나를 어떻게 변화시킬지는 아무도 모른다.
지금 이 순간에는 별것 아닌 경험이
내 인생을 전혀 다르게 바꿀 수도 있다.

PART 3

지금 여기서 우리

루브르에서 받은 배신감의 정체

| 그림 | 레오나르도 다빈치, 〈모나리자*Mona Lisa*〉

루브르 박물관, 오르세 미술관, 퐁피두 센터가 있는 파리는 그림을 좋아하는 사람이라면 누구나 꿈꾸는 여행지다. 그렇기에 대학 시절 휴학까지 감행하며 아르바이트를 해서 번 돈으로 떠난 유럽 배낭여행은 설렘으로 가득 차 있었다. 피렌체, 빈, 암스테르담 등을 거치며 좋아하는 그림들을 눈으로 직접 확인할수록 마지막 여행지인 파리에 대한 기대감은 점점 커졌다.

드디어 파리에 도착한 후 아침 일찍부터 루브르 박물관으로 달려갔다. 루브르에는 보물 같은 작품들이 많지만 〈모나리자〉만큼 문전성시를 이루는 그림도 없다. 그 그림을 보러 온 대부분의 사람들이 아마 〈모나리자〉를 가장 좋아하는 그림으로 꼽지는 않겠지만, 세계에서 가장 유명한 그림 중 하나라는 사실은 모두 인정할 것이다. 신비한 미소, 눈썹 없는 여인, 스푸마토 기법 등 미술에 관심 없는 사람이라도 〈모나리자〉에 대한 이야기를 한 번쯤은 들어봤을 것이다. 나 역시 책과 패러디, 응용 상품을 통해서 수없이 보고 접했기 때문에 〈모나리자〉의

실제는 어떨지 궁금했다. 과연 내 움직임에 따라 그녀의 눈빛이 따라올까? 한번 보면 그 미소에 홀리고 말까? 기대감에 부풀어 루브르에 들어가자마자 〈모나리자〉가 있는 방을 제일 먼저 찾아갔다.

그런데 루브르에서 본 〈모나리자〉는 실망 그 자체였다. 인파를 비집고 힘겹게 본 〈모나리자〉는 인쇄된 책에서 본 그림보다 푸르스름한 녹색 기운을 더 많이 띠고 있는 탓인지 차가운 느낌이었다. 나를 바라보며 웃고 있는 것인지도 잘 느껴지지 않았다. 수많은 관람객에 치여서, 그 곳을 얼른 빠져나오고 싶다는 생각이 더 강했다. 파리의 미술관을 방문할 때는 취향에 따르기도 하지만, 여러 곳을 둘러볼 예정이라면 보통 그림의 시대순으로 감상한다. 그래서 좋아하는 그림인 모네의 〈수련〉 연작이 있는 오랑주리 미술관보다도 루브르에 먼저 들렀는데, 겨우 이런 느낌을 받으려고 아침 일찍부터 이곳에 온 건가 싶어 투덜거리며 그 방을 나왔다. 여행에서 돌아와서는 〈모나리자〉를 실제로 보니 명성보다 별로인 것 같다고 친구들에게 이야기하기도 했다.

그러다 몇 년 후 루브르에 다시 들러 〈모나리자〉를 한 번 더 감상하게 되었다. 그런데 〈모나리자〉는 알 듯 말 듯 한 오묘하고 신비한 미소를 띤 채 '다시 나를 보러 왔구나'라는 상냥한 얼굴로 나를 맞이하고 있었다. 분명 같은 자리인데 예전과는 다른 미소였다.

내가 만들어낸 기대감의 크기에 따라 〈모나리자〉의 표정이 달라진 것이다. 변한 건 〈모나리자〉가 아니라 나의 시선과 그것을 대하는 태도였다. 처음 볼 때에는 있는 그대로 감상하기 이전에 내 욕심이 충족되는지가 더 중요했다. 하지만 두 번째에는 마음이 비워진 덕분에 〈모나리자〉가 온전히 내 안으로 들어올 자리가 생겼다. 가끔 우리는 만들어낸 환상 속에서 혼자 실망하고 배신감을 느끼곤 한다. 내가 여기까지 이렇게 힘들게 왔는데 네가 줄 수 있는 게 이것밖에 안 되냐며 상대에게 무조건 바라기도 한다. 어떤 유명 인사도, 세계에서 가장 유명한 그림도, 만족할 줄 모르는 기대를 채워줄 순 없다.

본질은 언제나 같은 모습으로 같은 자리에 있으며, 어떻게 받아들일지는 마음가짐에 달려 있다. 다음에 또 루브르에 가게 된다면 〈모나리자〉는 나에게 어떤 미소를 보여줄지 기대된다.

알 수 없는 내일이 재밌는 이유

| 그림 | 조지프 말로드 윌리엄 터너, 〈해안으로 다가오는 요트*Yacht Approaching the Coast*〉

흐릿하고 불분명하기에
더 매력적인 것들이 있다.
또렷하지 않음에서
느낄 수 있는 기대,
기대감에서 오는 희망,
희망에서 오는 즐거움.

터너의 그림은 확실하게 증명한다.
정확하게 맞아떨어지는 선명함만이
다 좋은 것은 아니라는 사실을.

예상 가능한 뻔함은 재미없다.

작은 것에서 행복 찾기

| 그림 | 조지 클라우슨, 〈들판의 작은 꽃*The Little Flowers of the Field*〉

'모르고 지나치거나 밟고 가는 경우가 더 많을 텐데,

그림 속 소녀는 놓치지 않고 저 작은 꽃을 바라보고 있구나.'

아침에 일어났는데 푹 자서 그런 건지 상쾌했어.

지하철에서 내리자마자 버스가 오고

버스에서 내리자마자 마을버스가 오는 거야.

회의 전에 계속 마음 졸였는데,

수정 없이 한 번에 '오케이!'라는 거 있지.

친구랑 한잔하려고 우연히 들른 술집의 안주가 기막히더라고.

이야깃거리도 안 되는 이런 소소한 것들에서

나는 매일매일 행복을 얻고 있었다.

저 반대의 일들이 일어난다고 생각하면

은근히 짜증 날 것 같다.

숨은그림찾기 같은, 하루의 작은 기쁨들.

오늘은

어떤 행복을 찾아볼까.

엄마의 맛

| 책 | 박찬일, 《추억의 절반은 맛이다》

노래를 듣다 보면 특정한 시절이나 사람을 떠올리게 된다. 음식도 마찬가지다. 그 음식을 같이 먹었던 사람, 그 메뉴를 골랐던 이유, 그 시절의 상황이 떠오른다. 박찬일 셰프의 추억과 맛이 뒤섞인 비빔밥 같은 글을 읽고 있으니 운동회 때 엄마가 싸준 독특한 사각김밥을 친구들에게 일일이 보여주며 자랑했던 일, 산낙지를 처음 먹던 날 입천장에 달라붙은 낙지에 놀라서 울며 자지러졌던 어린 시절, 신선한 꼬막을 실컷 먹을 수 있었던 외가댁이 있는 고흥의 시골길……, 타임머신을 탄 듯 어릴 때 기억이 목구멍을 타고 하나둘 올라온다.

새해가 되자 SNS에 올린 떡국 사진들을 보게 되었다. 움푹한 흰 그릇에 소담히 담긴 떡국, 만두와 함께 푸짐하게 담아낸 떡국, 조랭이떡으로 만든 떡국. 다양한 떡국들이 먹음직스럽게 찍혀 있었다. 이 사진들은 아마 내년 초에나 다시 볼 수 있을 것이다. 떡국은 보통 새해에 많이 먹는 음식이지 평소에는 굳이 찾아 먹지 않으니까.

그런데 익산 고향 집에 내려갈 때면 엄마는 떡국을 자주 해주시곤 했

다. 그것은 핏물을 빼고 오랫동안 푹 끓인 고기 육수가 아니라 멸치 국물을 푸르르 끓여 달걀과 김을 고명으로 올린 소박한 떡국이다. 엄마가 그 떡국을 해주실 때마다 맛있게 잘 먹었었는데 언제부턴가 이 음식이 초라하게만 보였다. 요리 과정도 간단해 순식간에 완성되고 곁들인 반찬이라고는 김치 하나가 전부인 게 못마땅했다. 오랜만에 집에 온 딸에게 이런 정성 없는 음식을 줘야겠냐고 투정도 부렸다. 30년이 넘도록 밥을 얻어먹어 놓고는 밥 한 끼 해드리지는 못할망정 수라상을 내놓으라는 못된 딸이다. 얼마나 철없는 행동인지 알면서도, 떡국을 더는 먹기가 싫었던 건지 힘든 타지 생활에 엄마 밥이 먹고 싶었다고 어리광 부렸던 건지 알 수 없다.

사실 엄마가 떡국을 자주 해주신 데는 이유가 있다. 그 딸은 익산에 내려오자마자 식사 때가 아니어도 현관문에서부터 배고프다를 연신 내질렀다. 엄마는 아무리 급해도 찬밥을 내줄 수는 없고, 갓 지은 밥과 뜨끈한 국을 차려주자니 시간이 걸리는 게 마음이 쓰였을 것이다. 그

때 짧은 조리 시간으로 배를 따뜻하고 든든하게 채울 수 있는 음식 중에 떡국만 한 게 또 있을까. 그리고 나는 어릴 때 빵은 쳐다보지도 않고 떡만 찾는 떡순이였다. 떡을 사랑하는 사람이라면 떡국도 좋아할 거라는 예상은 자연스러운 일이다. 떨어져 산 몇 년 동안 떡을 별로 좋아하지 않게 된 딸의 변한 식성을 엄마는 알 리가 없었다.

엄마는 이제 새해가 되면 내 눈치를 살피며 조심스레 떡국을 내놓는다.
"우리 딸내미가 떡국 싫어하는 거 아는데, 그래도 오늘은 먹는 날이니까."
정월 초하루부터 엄마가 다 자란 딸의 눈치까지 보게 만드는 떡국이 더 싫어진다. 미안한 마음에 한 숟갈 크게 뜨는데, 아빠가 한마디 덧붙인다.
"떡국 먹으면 나이도 한 살 더 먹는데, 언제 시집갈래?"

정말 이놈의 떡국은 꼴도 보기 싫다.

엄마의 엄마처럼

| 그림 | 메리 커셋, 〈아이의 목욕*The Child's Bath*〉

엄마와 구두 매장에 들어섰다. 엄마의 구두를 사러 왔지만, 엄마에게 요즘 유행하는 디자인이 어떤 것인지 손가락으로 툭툭 가리켜 대강 추천한 후 내 구두 고르기에 열중한다. 이 구두 저 구두에 내 발을 넣어 보기 바쁘다.

그러다 점원의 말에 휩쓸려 비싸기만 하고 불편해 보이는 구두를 신어 보고 있는 엄마가 눈에 들어온다. 양쪽에 다른 구두를 신은 채로 엄마에게 황급히 다가가서 잔소리를 늘어놓는다. 그런 신발은 오래 걸으면 발가락이 아프다. 무릎에 무리가 오지 않을지, 발바닥은 딱딱하지 않은지 걸어봐라. 나쁜 구두를 신으면 허리도 아프다. 엄마 나이에는 허리를 조심해야 한다. 발목을 잘 잡아주는지 뛰어봐라. 엄마의 엄지발가락 부분을 눌러보고 뒤축을 살펴본다. 마치 걸음마를 막 시작한 어린아이의 신발을 골라주듯 엄마의 신발을 이리저리 따져본다.

20여 년 전에 엄마가 그랬다. 엄마의 손을 꼭 붙잡고 신발 가게에 온 어린 나에게 엄마는 신발을 신겨본다. 엄마는 내게 신발이 잘 맞는지, 발가락이 접히지 않았는지, 뛰어다녀도 뒤꿈치가 까지지 않을지, 교실에 들어갈 때 신고 벗기 편할지를 확인했다. 친구들 사이에서 인기 있는 디자인을 사고 싶어 툴툴거려보지만, 엄마는 내 발이 편한지에만 관심 있어 보였다. 엄마는 옷이나 모자를 골라줄 때보다 신발을 사줄 때 더 신경을 썼다. 몸을 지탱하고 있는 발이 가장 편해야 한다는 게 엄마의 생각이었다.

발은 몸의 어떤 부위보다도 신경 써주고 싶은 곳이다. 그래서 우리는 누군가에게 애정을 표할 때 발을 씻겨주거나 마사지를 해준다. 그 사람을 아낀다면 그의 발도 소중하게 느껴진다. 몸의 무게를 견디며 맨 밑에서 고생하는 그 사람의 발이 안쓰럽고, 그 사람의 편안한 발이 되어주고 싶다는 마음이 들기도 한다.

엄마가 어린 소녀의 발을 어루만지며 씻겨주는 〈아이의 목욕〉에서는 엄마의 사랑이 그대로 느껴진다. 나의 엄마도 내 발을 그렇게 소중히 돌봤었다. 그랬던 엄마와 나였는데…….

어느새 내가 엄마의 발을 살피며 구두를 골라주고 있다.

토닥토닥 토요일 밤

| 그림 | 존 슬론, 〈렝가네시의 토요일 밤*Renganeschi's Saturday Night*〉

별것 아닌 일에도
까르르 자지러지고,
못된 애들에 대해
같이 실컷 욕하다가,
너무 잘나가는 애들에 대해서는
함께 질투도 조금 하고.
토요일 밤을 채우는 여자들의 대화는
영양가 없는 수다로 보이지만.

어깨를 토닥이는 작은 손,
괜찮다 괜찮다 다독이는 눈빛,
같이 흘려주는 눈물,
꼭 안아주는 가슴.
'수고했어'라는 따듯한 한마디로의 마무리.
너희는 나의 비타민이야!

공감욕

| 그림 | 케테 콜비츠, 〈죽은 아이를 안고 있는 어머니*Frau mit totem Kind*〉

케테 콜비츠의 〈죽은 아이를 안고 있는 어머니〉는 비통하다 못해 처절하다. 이 그림을 보고 있으면 같은 상황을 겪어본 적이 없음에도 가슴이 저리고 슬픔이 밀려온다. 인간에게는 '공감'이라는 아름다운 특성이 있기 때문이다. 그런데 요즘은 사람들이 공감하는 능력을 점점 잃어가는 것만 같다. 교육은 어릴 때부터 경쟁을 가르치고, 남을 밟고 올라서면 칭찬받고, 본인의 이익을 위해 수단을 가리지 않은 이들이 성공한 후 추앙받고, 동정심이나 배려심은 살아남는 데 걸림돌이 된다고 여긴다. 그렇다 해도 타인을 이해하고 같이 아파하는 마음은 식욕, 수면욕 같은 본능이라고 생각했다. 누가 가르쳐주지 않아도 가슴 깊은 곳에서 우러나와 스스로 행하고 싶은 욕구 말이다. 공감욕이 떨어지는 것이 이 시대의 그릇된 가치 인식이나 교육의 잘못으로 그치는 게 아니라, 자연선택과 같이 환경에 의한 변화 과정일까 봐 무섭다. 인간은 점점 개인적이고 각박해지는 사회에 맞춰져 태어날 때부터 공감욕은 떨어지고 혼자 살아남는 쪽으로 변해가는 것은 아닐까. 인간은 사회적 동물이라고 하지 않았나? 이걸 진화라고 해야 할까, 퇴보라고 해야 할까.

콜비츠의 그림 속 어머니는 죽은 아이를 가슴에 품고 쓸어 만질 수라도 있다. 차디찬 깊은 바닷속에서 아직도 나오지 못하고 있는 아이를 보듬어주고 싶은 어머니의 빈 가슴은 어찌하면 좋을지 모르겠다.

나폴레옹은 언제나 옳다?

| 책 | 조지 오웰, 《동물농장》

내가 믿고 있는 게 과연 옳은 것일까.

나도 '복서'처럼 '나폴레옹 동무는 언제나 옳다'고 믿고 있는 건 아닌지.

양들처럼 무슨 의미인지도 모른 채

'네 발은 좋고 두 발은 나쁘다'만 부르짖는 건 아니었을까.

틀을 깨보려고 한 적은 있는가.

그보다 앞서 틀 안에 있는지는 알고 있는가.

내 신조는 어디서 온 것일까.

판을 거꾸로 본 적은 있는가.

과거에 비해 나아졌다고 하는 말은 누가 시작했는가.

나아지고 있다고 믿고 싶은 건 아닐까.

보기 싫은 것을 치우려 하기보다 눈만 감고 있는 것이라면.

내가 꿈꾸던 것이 참된 희망인지 아니면 헛된 망상인지.

그 꿈은 누구를 만족하게 하는 것인지.

내 공포의 대상은 무엇인가.

나를 휘두르는 힘인가 아니면 내 무지인가.

취향과 욕망과 행복의 상관관계

| 책 | 조르주 페렉, 《사물들》

그녀는 그 카페를 무척이나 마음에 들어 했다. 구석구석을 바쁘게 찍으며 SNS에 올리고 있었다. 그곳이 마음에 드는 이유는 《킨포크》 잡지가 있기 때문이라고 그녀가 말했다. 좁은 자취방에서 사는 젊은 여대생이 평소 꿈꾸던 집을 실현해주고 있는 카페였다. 차분한 단색의 벽면에는 현대적인 느낌의 그림이 걸려 있었고, 요즘 유행하는 북유럽풍의 가구가 배치되어 있었다. 유명 디자이너의 조명 밑 레드 샌들우드 탁자에는 《킨포크》가 무심하게 놓여 있었다. 그녀는 자연 속의 건강하고 소박한 삶을 지칭하는 '킨포크'의 의미는 알고 있지도 않고 알 생각도 없다. '킨포크'를 원한 것이 아니라, 도시에서 풍요롭고 세련된 삶을 누리며 쿨해 보이는 잡지를 읽을 수 있는 여유를 가진 여성의 이미지를 원했다.

서울의 높은 집세로는 축축한 반지하 월세방을 벗어날 수 없지만, 소도시로 내려가고 싶은 생각은 추호도 없다고 했다. 그녀의 행복은 조용한 시골 뒤뜰의 소박함과 정겨움이 아니라 《킨포크》가 있는 곳에서 밥값보다 비싼 커피와 마카롱으로 채워지고 있었다. 그녀는 '핫 플레이스'에서 '잇템'을 '겟'하는 '힙걸'을 욕망했다.

《사물들》의 제롬과 실비처럼 그녀의 취향은 욕망이 되었고 욕망은 곧 행복이 되었다. 그녀와 제롬과 실비, 아니 우리 모두는 계속해서 행복하기를 원하기에 욕망을 채워야 하고, 채우기 위한 취향은 끝없이 늘어만 가고 있다. '행복하다'와 '소유하다'가 같은 뜻인 양 혼돈 속에 빠진 채.

헛헛함을 채우는 방법

| 책 | 잡지《빅이슈》

홍대 근처에는 유명한 맛집이 수두룩하다. 홍대 가까이에 산 지 13년째다 보니 친구들은 나에게 맛집 정보를 묻곤 하지만, 자고 일어나면 우후죽순 생겨 있는 새로운 먹거리들은 모두 파악할 수 없을 정도다. 그래서 화방을 간다거나 볼일이 있어 홍대 앞에 나가게 되는 날이면 떠오르는 신상 군것질거리와 독특한 디저트들의 유혹을 피하기 어렵다. 컵케이크와 에클레어, 수제 아이스크림 중에 뭐든 하나라도 손에 들고 집으로 돌아온다. 허기지지 않았음에도 뭔지 모를 헛헛함과 공허함은 달콤한 것이 아니면 채우기 힘들다는 여자들의 심리가 나에게도 역시 적용된다.

그래도 디저트의 달콤함은 혀끝에서 그리 오래가지 않는다는 것을 잘 알고 있다. 입안을 채우는 것으로는 부족하다. 헛헛함을 제대로 채울 만한 것을 사기 위해서 홍대 정문 앞을 들러《빅이슈》를 집어 든다.

《빅이슈》는 거리에서 안정된 판매를 할 수 있도록 공식적으로 허가받은 판매 장소가 있는데, 그중 한 곳이 홍대 정문 앞이다. 많이 알고 있듯이 《빅이슈》는 판매할 수 있는 권한을 홈리스인 분들에게만 주어 자활의 계기를 제공하는 대중문화 잡지로, 판매 금액의 절반은 홈리스 판매원에게 돌아간다. 사회구조로 인한 빈곤 문제를 비즈니스 모델을 통해 해결하고자 하는 것이다. 그렇다고 내가 평소에 기부나 봉사를 자주 하거나 사회운동에 참여하는 것은 아니다. '재능 기부'라는 이름을 남용해 예술가들을 이용하는 나쁜 사례도 많이 접했기 때문에 '재능 기부'라는 단어에 거부감을 느끼던 때도 있었다. 그렇기에 아마 《빅이슈》를 사는 이유는 사회와 이웃을 위해서라기보다 나 자신의 헛헛함을 채우기 위한 목적이 더 클 것이다.

《빅이슈》를 보고 있으면 마음이 따뜻해진다. 모두가 함께 살고자 하는 이 잡지의 시스템, 홈리스임을 당당히 밝히고 용기 내서 판매하는 분들, 남에 이끌려 하게 된 억지 재능 기부가 아닌 자발적 재능 기부자가 만들어낸 글과 사진 그리고 그림, 오천 원을 큰돈으로 여길 나이인 어린 학생이 이 잡지를 사는 모습. 아직 세상은 살 만한 곳임을 느낌과 동시에 이기적인 나도 작은 보탬이 될 수 있다는 생각에 기분이 좋아진다.

달콤한 디저트가 혀에 남기는 감촉은 물 한 컵이면 사라지지만《빅이슈》는 그날 밤 잠드는 순간까지 뿌듯함과 훈훈함을 지속시킨다. 커피 한 잔 값이면 기분 좋게 하루를 보내고 잠들 수 있는데 이 잡지를 안 살 이유가 없다.

Chou à La Crème
Chocolate
macaron
BIG ISSUE
caramel
Éclair
Red velvet cake

유경험자와 무경험자의 선택

| 그림 | 안견, 〈사립독조蓑笠獨釣〉

간송미술관은 봄과 가을에 한 차례씩 일 년에 두 번 전시회를 열어 일반인에게 공개한다. 신윤복, 김홍도, 정선의 그림 등 우리나라 최고의 서화를 볼 수 있기 때문에 미술관을 개방할 때면 근처 길을 따라 사람들이 길게 늘어선다. 나 또한 그 기회를 놓칠 수 없어 간송미술관을 방문한 적이 있다. 그곳에서 만난 풍속화와 풍경화, 인물화는 기대 이상이었다. 몇 번의 붓질만으로 꽉 채워지는 화면, 선과 여백의 완벽한 조화, 과감하고 강한 필력과 세밀하고 섬세한 필치의 어우러짐, 노련한 강약 조절, 절제와 여운이 눈과 마음을 사로잡았다. 그림마다 발걸음을 붙잡아 그 앞을 오랫동안 떠날 수가 없었다.

평소에 나는 아크릴물감을 주로 사용하므로, 붓질이 틀리거나 색이 마음에 안 들면 그 위에 다시 덧바르고 물감을 쌓아서 수정할 수 있다. 그런데 먹으로 그려낸 그림들은 한번 붓을 종이에 올리면 다른 종이에 다시 그리지 않는 한 수정할 수 없다. 그렇기에 수묵화의 경우 위에서 말한 여러 가지 매력이 있지만, 특히 자신이 그은 획을 믿는 대담함과 자신감에 가장 홀리고 말았다. 아마 내가 어릴 때 이 전시를 봤다면 아크릴물감을 사용하는 대신 먹을 이용해 그림을 그리고 있을지도 모르겠다는 생각이 들 정도였다.

1990년대 MBC에서 방영된 프로그램 〈일요일 일요일 밤에〉 중에는 '인생극장'이라는 코너가 있었다. 인물이 어떤 상황에 닥쳤을 때 선택할 수 있는 두 가지 경우를 제시하고, 결정에 따라 인생이 완전히 달라지는 모습을 보여주는 내용이었다. "그래, 결심했어!"라는 유행어를 낳을 정도로 인기가 있었다. 그 선택은 중요한 순간도 있었지만 사소한 지점에서도 인생이 전혀 달라지기도 했다. 우리도 '인생극장'처럼 선택에 따라 인생이 어떻게 달라질지 미리 볼 수 있으면 좋겠지만, 우리의 인생은 한번 결정하면 또 다른 선택의 앞날은 절대 알 수가 없다. 이제 와서 간송미술관의 서화들을 더 어릴 때 봤다면 어땠을까 하고 생각해봤자 그때로 돌아갈 수는 없다. 그리고 아크릴화를 경험해보지 않았던 어린 나이에는 오히려 이런 감흥을 느끼지 못했을 수도 있다.

살아가면서 앞으로는 더 많은 선택이 기다리고 있다. 그런데 선택에 앞서 경험이 있다. 다양하고 많은 경험은 선택의 기회를 준다. 그 기회가 나를 어떻게 변화시킬지는 아무도 모른다.

지금 이 순간에는 별것 아닌 경험이 내 인생을 전혀 다르게 바꿀 수도 있다.

쓰고,
그리고, 실천하는

| 책 | 장폴 사르트르, 《말》

사르트르와 같은 어린 시절을 겪지 않았더라도
겁 많은 우리 또한 현실 인식보단 망상 설계가 더 쉽다.
우리는 더러 관념과 상상의 연인이자 현실과 일상의 원수가 아닌가.
다큐는 받아들이기 어려워도 허구라고 하면 즐길 수 있다.
참혹하고 처절한 곳을 피해 몽롱한 세계로 들어가곤 한다.
우리는 본디 행동보다는 말이 쉽고 말보단 상상이 편하다.
말에는 관대하고 행동에는 인색하다.
너의 관대함이 헛되지 않으려면
허공에 떠다니는 유령 같은 관념을 붙잡아
현실에서 환생시키기 위해 부단히 노력해야 할 것이다.

LES MOTS

익숙함을 좇다가 불편함을 선택하는 모순*

| 책 | 양귀자, 《모순》

나의 아버지는 가족을 굶긴 적도 없거니와 가장으로서 해야 할 일들을 잘 알고, 방식이 서툴긴 하지만 우리 가족을 매우 사랑하신다. 단지 흥이 많아서 가족만큼 친구와 술도 좋아하신다. 친구들과 어울려 건배하고 흥에 취한 시간이 제일 재밌다고 말씀하시는 분이다. 아버지의 그런 모습이 마음에 들지 않았다. 그런 면이 없는 남자를 만나고 싶었다. 연애와 결혼을 따로 생각하지 말라고 많은 사람들이 말하곤 한다. 하지만 호탕하고 사교적인 사람이 연애 상대로는 상관없지만, 결혼은 아무래도 조금은 온화하고 가정적인 사람과 하고 싶었다. 집 밖으로 돌기보다는 가족과 차 한잔을 나누며 소소한 이야기를 즐길 수 있는 진중한 사람을 만나고 싶었다. 그런데 차분한 남자들을 만나보면 내 바람과 다르게 답답하고 지루했다. 안정감과 따뜻함을 느끼기 이전에 어색함 때문에 오래 버틸 수 없었다. 결국, 또 흥 많고 놀 줄 아는 남자가 옆에 있게 되었다. 어릴 적부터 봐오던 것, 넌더리가 나지만 가장 익숙한 것. 그것을 벗어나기 어려웠다.

《모순》의 안진진이 아버지의 모습이 보이는 김장우에게 더 끌리는 것은 당연했다. 머릿속에 계산기를 넣은 것처럼 짜인 계획에서 조금도 벗어나지 않는 나영규는 재미없었다. 어떤 일이 벌어질지 예상되고 뻔한 나영규는 그녀에게는 심심했다. 보통의 여자들이 데이트 코스를 짜 오지 않은 남자들을 타박하곤 하는데, 안진진은 그 반대의 경우였다. 계획성에서 오는 편안함과 안정감을 그녀는 느끼지 못했다. 모든 사람이 책임감과 진중함, 묵직한 모습에만 안정감을 느끼는 것은 아니다. 내가 속해 있던 상황적 익숙함에 안정감을 느끼기도 한다. 그 상황이 위태롭거나 해롭더라도 말이다. 확실성과 정확한 계획은 안진진에게는 낯설었고 오히려 불편했을지도 모른다. 그녀는 예측할 수 없는 아버지 밑에서 자랐다. 술을 마시면 야수로 돌변하기도 하고, 훌쩍 집을 떠나 몇 달 만에 귀가하기도 하는 아버지를 그녀는 미워하지

* 이 글에는 소설《모순》의 결론이 담겨 있습니다.

않았다. 그녀는 찾아오기 어려운 우연, 불현듯 펼쳐지는 상황에 길들여져 있었다. 그렇기에 자신에게 익숙한 면을 가지고 있는 김장우를 더 사랑했다.

하지만 안진진은 결국 일목요연하고 정리된 나영규를 선택한다. '무덤 속 같은 평온'이라 해도 할 수 없는 일이라고 하면서. 살아가면서 탐구해보겠다고 말하면서. 그것이 옳은 선택인지 아닌지는 소설이 끝난 마당에 알 수는 없다. 어쨌든 그녀는 익숙함을 좇다가 불편함을 택하는 모순을 보여줬고 이 모순 때문에 삶이 발전할 것이라고 믿는다.

결혼을 인생의 숙제처럼 만들어놓은 사회 분위기 덕택에 친구와 나는 오늘도 결혼에 대해 이야기를 한다. 결혼하고 싶다는 단순한 소망을 말하는 것이 아니라 왜 결혼을 해야 하는지, 꼭 결혼을 해야 하는지, 가족의 다양한 형태는 없는지, 동거와 입양 등 삶의 방식에 대한 이야기다. 더불어 스쳐 가는 인연이나 가벼운 만남으로 인한 감정 소비도

이젠 지치고, 선보러 다니는 것은 정말 끔찍하고, 부모님과의 관계는 점점 나빠져만 가고, '결혼 적령기'라는 단어를 만든 이 사회가 지긋지긋하다는 말까지 덧붙인다.
익숙함을 택하든 모순을 택하든 아무 선택도 하지 않든, 스스로를 사랑할 수 있고 행복하길 서로 응원하면서.

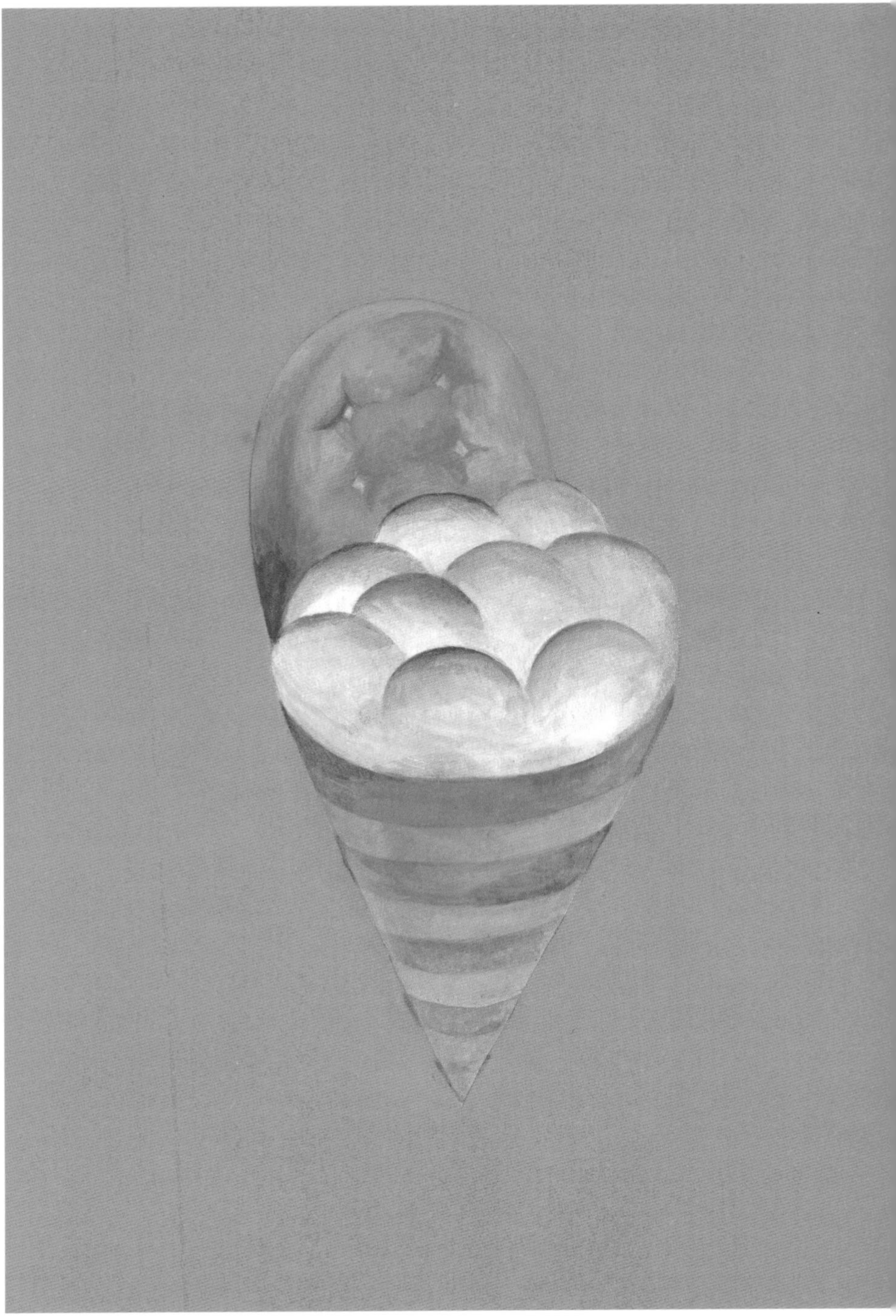

얕잡아 보던
장래 희망

| 그림 | 프레더릭 레이턴, 〈화가의 신혼*The Painter's Honeymoon*〉

어릴 때 나와 친구들은 장래 희망이 무엇이냐 물어보면 대통령, 과학자, 소방관 등 각자 자신의 큰 꿈을 말하곤 했다. 그런데 그때 보면 꼭 한 명씩 '아내' 또는 '엄마', '현모양처'를 말하는 아이들이 있었다. 그럴 때마다 비웃었다. '꿈은 크게 가져야지 어른이 되면 저절로 될 수 있는 걸 꿈이라고 말할 수 있는 건가?' 무시하곤 했다. 그랬었는데…….

지금은 내가 얕잡아 보던 그 꿈을 이룬 '누구의 아내, 누구의 엄마'가 된 그녀들이 대단해 보인다. 혼자만의 꿈은 최선을 다해 노력하면 근처까지라도 갈 수 있을지 모른다. 하지만 누군가와 짝을 이룬다는 것은 내 의지만으로는 쉽게 되지 않는 일이라는 것을 이제는 안다. 누군가의 마음을 돌리는 일, 다른 길을 살아온 사람들이 함께 같은 길을 만들어가는 일, 조금 다르더라도 서로 양보하며 맞춰가는 일, 마음 맞는 사람과 함께 인생을 쌓아가는 일. 마음에 드는 사람을 만나는 것, 사람의 마음을 얻는 것은 어떤 일보다도 어렵다.

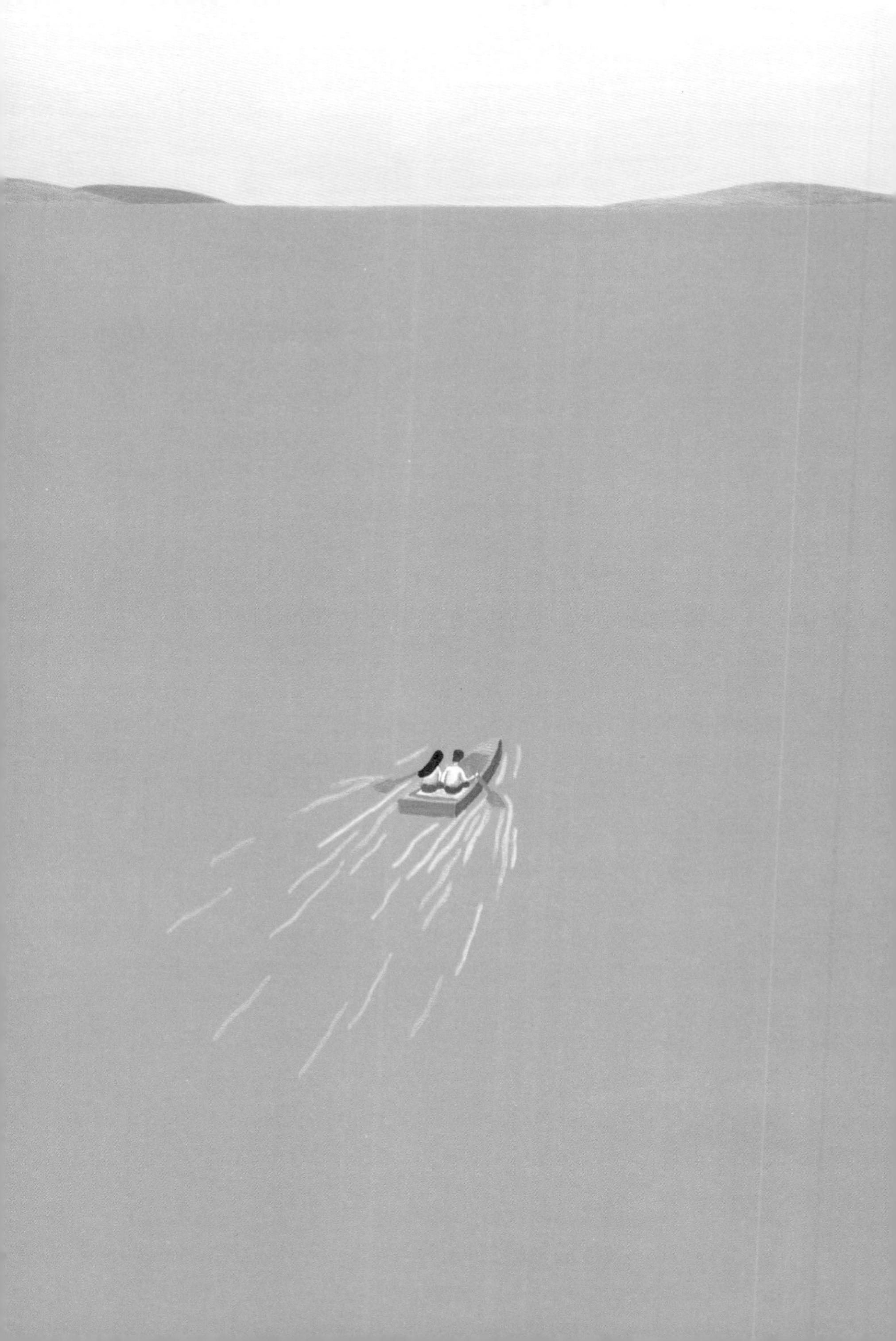

세상은 요지경

| 책 | 니콜라이 고골, 〈코〉

| 책 | 스와보미르 므로제크, 〈코끼리〉

응, 네 말 믿어.

요즘은 별의별 일이 다 일어나는데

코 하나쯤 도둑맞을 수 있지.

육상에서 가장 무거운 동물인 코끼리도

바람에 날아갔다잖아.

허영과 권위로 만들어진 콧대가 잘려 나갔다 한들,

어른들이 고무 코끼리로 아이들을 속이려 했다 한들

이상할 것도 없어.

멀쩡해 보이는 건물이 무너지고

차가 달리고 있는데 다리가 동강 나고

걸어가던 길이 갑자기 아래로 꺼지고

병 고치러 갔다가 전염병에 걸리고

그렇게 큰 배가 순식간에 가라앉는

상식 밖의 일들이 이미 일어나고 있는 세상이니까 말이야.

살아남는다는 것

| 책 | 마르셀 서루,《먼 북쪽》

속고 속이는 사람들 사이에서 살아남기 위해
작은 종다리와 같이 날갯짓을 멈추지 않는다.
내가 있는 자리는 메마르고 시린 극북도 아니고,
죽음의 기운으로 뒤덮인 암울한 도시 더존도 아님에도
어딘가 존재하고 있을 다른 세계를 향해 한 걸음씩 내딛어본다.
유토피아를 바라는 것은 아니다.
단지 지금보다는 조금 더 나을 것이라는
작은 바람도 꿈꾸지 않는다면 버틸 이유가 없지 않겠는가.
파랑새를 본 듯 비행기를 쫓는 메이크피스처럼
일말의 가능성을 좇아 오늘도 심연의 숲 속을 헤맨다.

현실의 연장선일 뿐

| 그림 | 르네 마그리트, 〈집단적 발명*The Collective Invention*〉

오늘도 지붕과 지붕 사이를 넘어 다니고 절벽 아래로 뛰어내렸다. 나를 쫓는 이의 얼굴은 흐릿해서 누군지 알 수 없다. 무엇 때문에 쫓기는지, 지금 있는 곳은 어디인지, 어디로 가야 하는지도 모른다. 불안하고 다급할 뿐이다. 차라리 잡히고 나면 마음이 편할 것 같은데, 죽을힘을 다해 도망 다니다 끝내 잡히지 않은 상태로 매번 잠에서 깨어난다.

꿈속에서 나는 무언가에 쫓기며 같은 자리를 맴도는 존재로 등장한다. 마치 마그리트의 〈집단적 발명〉 물고기사람처럼 바다로도 뭍으로도 가지 못한 채 해변에 머물러 있다. 나는 바다로 피하고 싶은 사람인지, 뭍으로 숨고 싶은 물고기인지 알 수 없다. 바다와 뭍의 경계에서 아직 이도 저도 선택하지 못한 채 쓰러져 있을 뿐이다.

꿈의 세계는 현실을 기반으로 설계된다. 내면의 공포에서 완전히 벗어나 꿈으로 도망갈 수는 없다. 깨어 있을 때의 막연함과 조급함에서 벗어나 잠자는 순간만큼은 편히 쉬고 싶지만, 낮의 그림자는 밤의 문턱을 넘어와 나를 가만히 내버려두지 않는다. 불안한 현실과 같은 꿈은 답답한 꿈과 같은 현실을 보여줄 뿐이다. 꿈은 도피처가 되어주지 못한다.

나를 쫓는 이는 누구인지 내가 있는 곳은 어디인지 꿈은 계속해서 질문한다. 하지만 답은 깨어 있는 동안 생각할 수밖에 없다. 나를 괴롭히는 것, 신경 쓰이는 것의 실체가 무엇이고, 내가 가고 싶은 방향은 어디인지 말이다.

복채의 의미

| 그림 | 조르주 드 라 투르, 〈점쟁이*The Fortune Teller*〉

속고 있는 걸 알면서도
앞날을 누구에게라도 묻고 싶었어.
어디에라도 털어놔야 했어.

내가 내는 돈은 내 미래를 알려준 대가가 아니라
내 이야기를 들어주며 불안을 덜어준 것에 대한
성의 표시야.

오늘의 불안을 내일로 가져갈 수는 없잖아.

나약한 존재가 할 수 있는 최고의 상상은 '사랑'이다.
나의 존재가 완전하다고 여기지 않고 결핍을 느낄 때
빈 공간을 채우는 방법 중 하나로 사람을 찾는다.
상대를 통해 완성되는 느낌을 주고받을 수 있다.
스스로 만족하는 사람은 사랑이 필요 없을지도 모른다.

PART 4

기다리고 있을게

첫사랑의 흔적

| 그림 | 빈센트 반 고흐, 〈석양 무렵의 버드나무*Willows at Sunset*〉

노란색. 스스로 빛을 뿜어내듯 발랄하고 경쾌한 색. 하지만 왠지 그 이면에서는 나에게 관심을 가져달라고 쉬지 않고 외치는 것 같다. 가까이 다가서면 눈이 부셔 다시 멀어질 수밖에 없는 안타까운 존재이기에, 가장 빛나는 순간에 가장 외로워 보였다. 보듬어주고 싶었고, 그렇게 노란색이 좋아졌다.

내 첫사랑은 그림에 노란색을 자주 사용했다. 전체를 노란 색조로 그린 그림은 물론이고, 작은 면적일지라도 중요한 부분에 사용해서 언제나 노란색이 두드러졌다. 내가 노란색을 좋아하게 된 것은 은연중에 첫사랑이 나에게 흔적을 남긴 것은 아닐까 하는 생각이 들 때도 있다.

첫사랑 고흐. 첫사랑은 두근거림, 떨림, 불안함, 초조함, 설렘, 두려움이 뒤엉켜 소용돌이처럼 휘몰아치기 때문에 그것이 사랑의 감정인지도 알아채기 어렵다. 소용돌이의 중심에서 벗어나야 내가 서 있던 곳의 실체를 볼 수 있다. 그리고 전에는 겪어본 적 없는 감정으로 인해 혼란스러운 데다가 아직 자신의 감정을 명확하게 설명할 수 없는 나이에 찾아올 때가 많다—사실 어른이 되어도 내 마음을 잘 모르긴 마찬가지다. 실체도 모른 채 젖어 드는 첫사랑처럼 그의 그림도 그렇게 스며들었다.

화풍이 뭔지도 모르고, 그림을 통해 무엇을 읽어야 하는지 화가가 말하고 싶은 게 무엇인지 관심도 없는 어린 소녀가 볼 때도 〈해바라기*Sunflowers*〉, 〈별이 빛나는 밤*The Starry Night*〉, 〈사이프러스 나무가 있는 길*Road with Cypresses*〉 같은 고흐의 그림은 절대적으로 매력적이었다. 고흐의 그림 중 처음 접한 것은 〈석양 무렵의 버드나무〉다. 빛과 열을 미친 듯이 뿜어내는 태양, 화면에 금이 간 듯 뻗어 있는 버드나무 가지와 불타는 듯한 들판은 강한 인상을 남겼다. 캔버스를 뚫고 나온 노란 열정이 어린 나에게까지 와 닿은 것이다.

인간관계나 사회적 경험이 쌓일수록 더 잘 이해되거나 감동이 증폭되는 작품들이 있다. 그러나 고흐의 그림은 사랑, 배신, 모함과 같은 인생사나 불안, 소외, 두려움 등의 처절한 감정을 겪어보지 않았어도 날 때부터 갖춰진 본능에 의해 그림에 담긴 강렬함을 느낄 수 있다. 누구에게나 통하는 순수한 붓놀림과 색감으로 아무도 알려준 적 없는 감정들을 불러일으킨다.

그래서일까? 그림을 그리는 사람들 중 많은 이가 어린 시절에 고흐의 그림을 보고 이 세계에 발을 들이곤 한다. 자신이 이렇게 많은 사람들의 첫사랑이라는 것을 그는 알고 있을까? 그때그때의 감정에 따라 좋아하는 화가나 화풍, 작품이 바뀌지만, 고흐의 그림은 나에게도 첫사랑과 같아서 언제 봐도 아련하고 설렌다. 나를 어릴 적 풋풋하고 순수했던 시절로 돌아가게 해주는 내 첫사랑 고흐가 고맙다.

종잡을 수 없는 자기

| 그림 | 존 슬론, 〈봄비*Spring Rain*〉

매년 봄이 되면 블로그에 봄을 찬미하는 그림일기를 올린다. 다른 계절보다 봄에 더 애정을 갖는 이유는, 봄은 기적과 같기 때문이다. 매섭고 차가운 겨울의 어두운 시기를 죽은 듯이 보내다가 아직 살아 있음을 선포하듯 싱그러운 새싹과 찬란한 꽃봉오리를 터뜨려준다. 그런 기대감과 놀람을 선사하는 신비로운 봄을 제일 좋아한다. 그런데 마냥 따뜻하게 품어주기만 한다면 이 정도로 매력적이지 않았을 것이다. 봄은 얼어 있던 마음을 무방비 상태로 풀어지게 해놓고 언제 그랬냐는 듯 우리에게 꽃샘추위를 들이밀며 싸늘한 태도를 보인다.

존 슬론의 〈봄비〉 속 그녀를 보라. 봄을 느끼고 싶어 예쁜 파나마모자까지 쓰고 나왔는데, 비바람은 그녀의 설레고 들뜬 마음에 동조해줄 생각이 전혀 없는 것 같다. 봄 같지 않은 어두컴컴하고 드센 날씨를 보인다. 틀림없이 전날까지는 따뜻하게 감싸줬겠지. 이러다가 내일은 또 다시 포근히 품어줄지도 모른다.

꽃을 건네는 듯하더니 쌀쌀맞게 구는 종잡을 수 없는 봄, 그리고 너.

사랑하는
나의 다프니스에게

| 그림 | 마르크 샤갈, 〈샘가의 다프니스와 클로에*Daphnis and Chloe beside the Fountain*〉

| 책 | 롱고스, 《샤갈의 다프니스와 클로에》

쩍쩍 갈라진 틈으로
버석거리는 들풀을 휘날리는,
밤낮 딱딱하게 마른 가뭄의 땅.
지나가는 흙먼지에도 골내는 나였는데.

한 모금의 적은 양으로
잠든 나를 일깨우는 너.
차가운 땅속에 묻혀 있던 나를 뜨겁게 끌어 올리며
척박한 숨결을 온화하게 달래주다가
어둑하고 깊은 곳을 깨끗이 씻겨주고
메마르고 갈라진 나를 적셔주러 오는
사랑하는 나의 다프니스여.

너는 나의
샘이 되었다.

너와
한 공간에 있을 수 있다면

| 책 | 소프트유니온, 《건축만담》

건축가마다 주방, 벽, 복도, 계단, 정원…….
중요시하는 곳, 제일 좋아하는 곳은 다 다르겠지만,
나는 특히 마루가 좋아.
정확히 말하면 마룻바닥에 앉는 걸 좋아하지.
내가 의자보다 그곳에 앉는 것을 좋아하는 이유는
땅에 더 가깝기 때문이야.
땅에 가깝다는 것은 나에게 편안함을 줘.
발바닥뿐 아니라 복숭아뼈와 무릎과 꼬리뼈를 바닥에 뿌리 내릴 수 있거든.
의자 위에 둥둥 떠 있는 것은 불안하잖아.
마룻바닥 위에선 몸을 쫙 폈다가 오므렸다가
뒹굴뒹굴할 수도 꼬무락거릴 수도 있어.
몸을 긴장하고 있지 않아도 돼.
껴안을 수 있는 쿠션이 있다면 팔꿈치를 대고 살짝 기대도 좋아.
몸이 자연스러워지면서 뒤이어 마음도 열리게 되니 역시 좋고.

그리고 분리된 의자보다는 이어진 바닥을 통해

너와 내가 한 공간에 있다는 느낌을 온전히 받고 싶었거든.

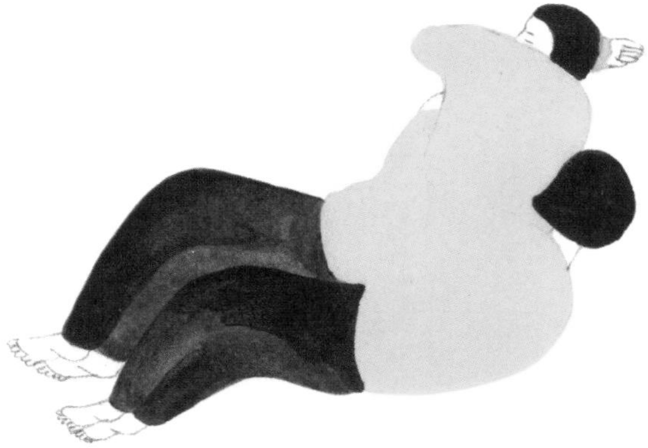

내어줄 시기를
번번이 놓치는 바보

| 책 | 쉘 실버스타인, 《아낌없이 주는 나무》

어릴 때 《아낌없이 주는 나무》를 읽고,

나도 자라서 아낌없이 주는 사람이 될 수 있을까

진정한 사랑을 할 수 있을까 설레고 떨렸어.

그런데 나이테가 늘어날수록

누군가에게 모든 걸 아낌없이 주기에는

나 자신을 너무 사랑하게 되었어.

우선 뿌리를 튼튼히 내리고

줄기를 두껍게 불리고 가지도 빼곡히 뻗고

열매도 풍성히 맺어서 거목이 된 후에야

뭐든 줄 수 있을 것 같았어.

그래야 마지막에는 단단한 밑동도 내어줄 수 있을 테니까.

라고 말했지만,

실은 겁이 나.

줘도 줘도 네가 만족하지 않으면?

혹시라도 네가 떠나버리면

내 몸에는 옹이만 남고 말 거야.

나는 이미 아무것도 없는데

나중에 다른 이가 나를 필요로 하면

그때는 어쩌지?

불공평한 조건

| 책 | 이솝, 〈북풍과 해〉

《이솝우화》는 무릎을 탁 칠 만한 적절한 비유로 현실을 예리하게 비꼬기도 하고 약육강식의 냉혹함을 적나라하게 보여주기도 하기에 그 하나하나의 이야기에 감탄하곤 한다. 그런데 그중 〈북풍과 해〉를 읽다 보면 애처롭고 저릿한 느낌이 든다. 이 우화는 누가 더 센지를 겨루던 바람과 해가 나그네의 외투를 벗기는 내기를 하는 내용이다. 바람은 세차게 불어서 나그네의 외투를 날려버리려 했으나 그는 옷을 더 꽁꽁 싸맸고, 해는 뜨겁게 내리쬐어 나그네가 직접 옷을 벗게 했다. 내가 볼 때 바람은 냉정하고 거친 방법을 택한 게 아니라 자신이 갖춘 능력 안에서 할 수 있는 최선을 다했다. 애초에 이 내기는 불공평했다. 바람이 폭풍우까지 동원해 외투를 찢어버리지 않는 한, 해가 이길 수밖에 없기 때문이다.

그녀는 그에게 사랑받기 위해 최선을 다해 노력했다. 알아서 앞길을 찾고 모든 일을 혼자 척척 해냈다. 아파도 참고 힘들어도 내색하지 않았다. 보고 싶어도 참고 서운한 일은 삼켰다. 그가 자신을 귀찮은 존재

로 여기지 않도록 말이다. 서로의 삶에 방해가 되고 싶지 않았다. 그런데 그녀가 노력할수록 그는 점점 마음의 외투를 닫았다. 그녀에게서 멀어지며 다른 그녀를 찾았다. 툭하면 징징대고 힘들다 말하는 다른 그녀를.

그녀는 이해할 수 없었다. 그럴수록 그에게 더 잘 보이기 위해 애썼지만, 너무 멀리 와버린 후에야 알았다. 그는 누군가를 아이 대하듯 감싸주고 돌볼 때, 누군가를 위해 무언가 해줄 수 있을 때 남자로서의 존재감을 느끼고 사랑에서의 성취감을 얻었다. 그 지점에서 뜨거움을 느끼고 외투를 열었다. 그는 혼자서도 뭐든 해내는 세차고 강한 바람 같은 그녀보다는 어리광 부리며 그의 존재를 증명해주는 다른 그녀에게 끌렸다.

바람은 노력했지만 끝내 나그네의 마음을 얻을 수 없었다. 처음부터 바람과 나그네는 맞지 않는 사이였다. 나그네의 마음을 얻겠다고 해를 따라 하며 자기 본연의 모습을 버릴 수는 없지 않은가.

나를 채워줘

| 책 | 로맹 가리, 《여자의 빛》

| 책 | 폴 세르주 카콩, 《로맹 가리와 진 세버그의 숨 가쁜 사랑》

"나약함은 언제나 상상력을 살려냈소. 강인함은 스스로 자족하다고 여기기 때문에 아무것도 만들어낼 수 없소."*

나약한 존재가 할 수 있는 최고의 상상은 '사랑'이다.
나의 존재가 완전하다고 여기지 않고 결핍을 느낄 때
빈 공간을 채우는 방법 중 하나로 사람을 찾는다.
상대를 통해 완성되는 느낌을 주고받을 수 있다.
스스로 만족하는 사람은 사랑이 필요 없을지도 모른다.
그래도 역시 결핍의 크기가 비슷할 때만 사랑은 성립한다.
한쪽의 공간이 너무 커
비어 있는 정도를 상대가 가늠하기 어렵고
그로 인해 버거워하면서도 이어간다면
그것은 사랑이 아니라 어쩌면 종교이고 봉사이자 동정이다.
두 사람은 안타깝게도 완벽한 결합을 할 수 없다.
《여자의 빛》의 미셸과 리디아가 시작할 수 없었고
저자 로맹 가리와 연인 진 세버그가 끝맺지 못한 것처럼.

* 로맹 가리, 김남주 옮김, 《여자의 빛》, 마음산책, 2013년, 110쪽.

집착의 마침표

| 책 | 보리스 비앙, 《세월의 거품》

어떠한 연구나 사건, 물질, 인물 등
하나의 것에 집착하다가 원하는 답이 나오지 않게 되면
'그 문은 원래 열리지 않는 문일지도 모른다'라는 의심을 거쳐
'애초에 문은 존재조차 하지 않았다'라는 생각으로 귀결된다.
그러다가 이제껏 자신이 쏟아온 시간을 허망하다 탓하고,
미련하게 행동한 자신을 깎아내리기 시작한다.

집착은 빨리 알아차리지 못하면 자신뿐 아니라 주변도 함께 파괴한다.
집착하는 동안은 다른 아무것도 보이지 않으므로.
집착하는 대상만 바라볼 시간도 부족하기에 주변을 살필 수 없다.
《세월의 거품》의 시크처럼.

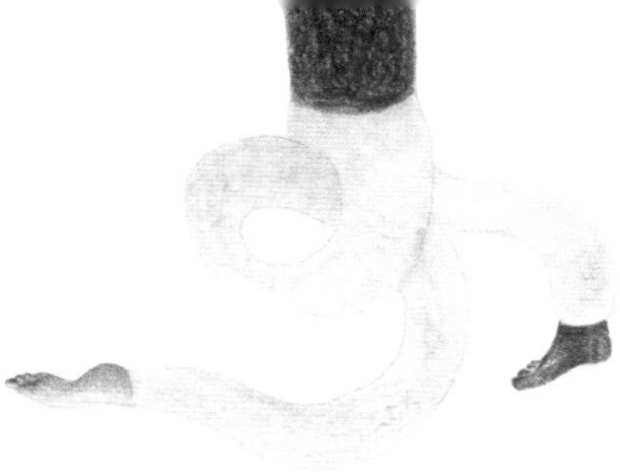

시크의 집착은 적대자를 생산해냈다.

시크는 파르트르를 집착적으로 좋아했고,

그런 시크를 바라보는 그의 연인 알리즈는

파르트르를 집착적으로 증오하게 된다.

시크를 집착에서 꺼내 올 방법은

파르트르가 사라지는 것밖에 없다고 알리즈는 생각했다.

알리즈는 집착의 굴레를 끊었지만,

그들은 모두 사라지고 말았다.

함께 파멸에 이르렀다.

집착은 결국 모든 것을 소멸시키고 만다.

기억을 잘라내곤 하지

| 그림 | 프리다 칼로, 〈짧은 머리의 자화상*Self-Portrait with Cropped Hair*〉

1993년 초등학교 운동회 날, 3학년 학생 전체가 부모님과 짝을 지어 군무를 추는 시간이 있었다. 요즘은 어떤지 모르겠지만 1990년대에는 부채춤, 에어로빅 등 학년 전체가 무리 지어 춤추는 경우가 많았다. 나는 학교를 마치고 집에 가면 엄마에게 율동을 한 동작 한 동작 알려줬고, 운동회 날 엄마와 짝을 이루어 즐겁게 춤추는 모습을 상상했다. 엄마는 그 당시 식당을 운영하느라 바빴지만, 집에 돌아오면 저녁마다 나와 율동을 맞춰 열심히 연습해주셨다.

운동회 당일이 되었고, 3학년 전체가 짝의 손을 붙잡고 뛰어나와 열을 맞춰 섰다. 내가 다녔던 초등학교는 한 반에 60명 정도였고 오전·오후 반을 나눠 2부제로 수업할 정도로 학생 수가 많았으니 큰 운동장은 사람들로 빽빽이 들어찼다.

"전라도와 경상도를 가로지르는~"

율동의 배경음악으로 조영남의 〈화개장터〉가 흘러나왔다. 그런데 나의 짝인 엄마는 아직 오지 않았다. 음악은 계속 흘러나왔다. 엄마는 분명 온다고 했다. 군무는 시작되었지만, 나는 춤에 집중하지 못한 채 교문을 힐끔거렸다. 부모님이 사정상 못 오시는 친구들은 연습 때부터 담임 선생님이나 할머니, 또는 부모님이 못 오시는 다른 친구들과 짝을 이루어 율동을 하기로 되어 있었다. 넓은 운동장에 가득 찬 사람들 속에서 짝 없이 혼자 춤을 추는 사람은 나밖에 없는 것 같았다. 손뼉을 마주치는 동작에서 허공에 손을 휘저었고, 모두 즐겁게 손을 맞잡고 빙글빙글 돌 때도 혼자 제자리에서 빙빙 돌아야 했다. 노래가 끝나기 전에 엄마가 반드시 와줄 거라는 생각에 입술을 꽉 깨문 채 교문을 바라보며 춤을 췄지만, 엄마는 끝내 오지 못했다.

C

감정은 기생충과 같아서 혼자 힘으로는 오래 살아남기가 어렵다. 사물이든 상황이든 음악이든 어딘가에 달라붙어서 살아남곤 한다. 우리는 사물의 본질이 아니라 사물에 입혀진 경험과 감정이 기억으로 남아 그것에 영향을 받는다. 나에게 혼자라는 서러움, 약속을 저버린 실망감, 짝 없이 혼자 춤추는 우스꽝스러운 몸짓의 창피함은 〈화개장터〉에 달라붙어 지금껏 살아남았다. 그래서 들을 때마다 그날의 감정을 떠올리게 하는 그 노래는 내 음악 리스트에서 잘려 있다.

내 친구는 〈화개장터〉 대신 머리를 자르고 나타났다. 과거에서 벗어나 새로 태어난 것 같다며 만족해했다. 그녀에게는 긴 머리를 좋아하던 전 남자 친구에 대한 복잡한 감정이 머리카락 사이에 달라붙은 벼룩과 같이 느껴져 모조리 없애고 싶었나 보다. 〈짧은 머리의 자화상〉 속 프리다 칼로처럼. 그림 속 그녀는 손에 가위와 자른 머리카락을 쥐고 짧은 머리를 한 채 그물처럼 흩날린 머리카락 사이에 아무렇지 않은 표정으로 앉아 있다. 그녀를 고통스럽게 했던 디에고 리베라에게 보란 듯이 멕시코 노래 가사도 적어뒀다.

이봐요. 내가 당신을 사랑했다면 그건 당신의 머리카락 때문이오.
이제 긴 머리가 없으니, 당신을 더는 사랑하지 않소.

그들이 사랑했던 긴 머리카락과 여성성은 이제 그녀들에게는 중요하지 않게 되었다. 아니, 중요하더라도 자유로워지기 위해서는 머리카락과 함께 그들을 잘라버려야만 했다. 사랑의 기억은 머리카락 말고도 곳곳에 지독하게 배어 있겠지만, 그녀들은 자신이 할 수 있는 노력은 무엇이든 해보는 중이다.

시간을 다루는 남자들

| 책 | 츠지 히토나리, 《냉정과 열정 사이-Blu》

| 책 | 에릭 오르세나, 《오래오래》

책을 읽다 보면 책 속의 인물들에게 감정이입이 되곤 한다. 아프고 외로운 인물이 안쓰러워 다독거려주고 싶다가 내 모습 같아서 눈물이 나기도 하고, 처절하게 살아가는 인물은 응원하게 되고, 못된 인물들을 보면 저런 부류의 사람과는 평생 만나지 않았으면 싶기도 하다. 그리고 남자들의 캐릭터에서는 현실에서 저런 사람과 만나면 어떤 느낌일까 자연스레 상상하게 된다. 이 중에 관심을 끄는 두 남자가 있다. 《냉정과 열정 사이-Blu》의 쥰세이와 《오래오래》의 가브리엘이다.

처음에 두 남자에게 관심이 간 이유는 오로지 직업 때문이었다. 미술품 복원사와 정원사. 그림과 식물을 대하려면 섬세함과 예민함을 두루 갖추고 있을 것 같고 더불어 여자들도 섬세하게 잘 이해해줄 것만 같았다. 더구나 자신의 일에 대해, 시간을 만들어내는 예술이라며 자랑스러워하고 식물과 뗄 수 없는 날씨와 세월을 형제 삼는다고 말하는 남자들이라니. 이 낭만적인 조건 때문에 사랑에 빠질 수밖에 없을 것 같았다. 셰프나 파티시에가 내놓는 부드럽고 달콤한 음식, 매혹적이고 환상적

인 플레이팅과 그 사람의 매력을 동일시하는 것과 비슷한 논리다.

그런데 지켜보다 보니 미술품 복원사인 쥰세이가 복원하는 건 그림만이 아니라 옛 연인 아오이까지다. 자신의 기억을 동원해 시간을 거스른다. 현재의 연인 메미를 매개체로 해서. 메미의 몸매와 대화, 잠자리는 아오이를 기억해내며 복원하는 데 필요한 물감이자 붓으로 쓰일 뿐이다. 과거인 아오이가 살아날수록 현재의 메미는 닳아 없어지는 것만 같았다.

반면 원예가 가브리엘은 식물을 대할 때와 같은 눈길과 손길로 현재의 연인 엘리자베트를 섬세하고 정성스럽게 바라보고 어루만진다. 언제나 같은 자리에서 세월을 벗 삼아. 정원은 늘 같은 모습처럼 보이지만, 그는 한 주일 한 주일 그 풍광이 달라진다는 것을 알고 있다. 시간에 따라 식물이 변하는 것을 느끼듯이 사랑하는 사람과 함께하는 시간이 매번 새롭고 다름을 느낀다. 그 새로움에 싫증을 느낄 틈이 없다. 여자도 정원처럼 무관심 때문에 영원히 망가질 수 있다는 걸 아는 남자다.

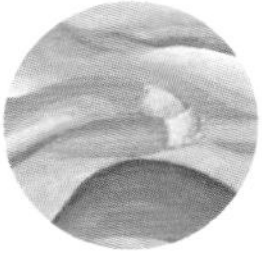

지나간 시간을 돌려놓으려는 한 남자와 흐르는 시간을 관찰하며 받아들이는 한 남자. 두 사람 모두 시간을 다루지만, 그들은 완전히 다른 방식으로 시간을 대한다. 쥰세이는 직업상 과거를 소중히 간직하며 살아간다고 말하며 잃어버린 시간을 돌이키느라 현재의 연인을 흘려보내고, 가브리엘은 해마다 봄이 되면 다시 시작하는 기미를 열심히 살핀다 말하며 시간에 따라 달라지는 옆에 있는 연인을 관찰한다.

쥰세이와 복원사들에게는 미안한 말이지만, 과거를 되살려내며 시간을 자유자재로 휘두르는 것처럼 보이는 복원사는 이 소설 안에서만큼은 시간의 노예로, 자연의 흐름을 거스를 수 없어 시간에 귀속되어 보이는 원예가는 반대로 시간의 주인처럼 보인다. 한 사람만 사랑하며 그녀를 잊지 못하는 순수한 사람으로 그려지는 쥰세이는 시간에 결박되어 있을 뿐이다.

나는 "예전에는 몰랐어. 이런 감정은 네가 처음이야"라는 거짓말에도 설레는, 언제나 새로운 시간을 함께 쌓아가기를 바라는 평범한 여자다. 소설 속 여주인공처럼 한 남자의 첫사랑이자 마지막 사랑이 될 수 없는 이상, 현재 옆에 있는 나에게 충실한 남자가 좋지 않을까.

결혼에 관한 타협의 범위

| 책 | 제인 오스틴, 《오만과 편견》

10년 전의 나는
그 사람이 아니면 안 되고,
그 사람의 아이를 낳고 싶고,
그 사람과 꼭 결혼하고만 싶었다.
지금의 나는
이 사람 정도면 무난하고,
이 사람과는 아이를 키워도 될 듯하고,
이 사람이면 결혼해도 나쁘지 않겠다고 말하고 있더라.
'절대, 반드시, 꼭'이라고 말하던 부분이
'이 정도면, 그럭저럭, 나쁘지 않네'로.
어쩌다가 감정마저도 타협하게 된 걸까.

결혼에 대한 신중함과 탐욕의 경계에서

행복하게 될 가능성과 그저 안락한 가정이 필요하다고 말하는 샬럿.

세속적인 이익을 위해 보다 나은 감정을 희생할 수 없다는 엘리자베스.

10년 전의 나라면

콜린스 씨와의 약혼을 선택한 샬럿을

무조건 비난했을 것이다.

지금의 나는 그 누구도 지지할 수 없다.

다만

낭만과 환상에 빠져 허우적댈 수 있는 시기가

다시는 오지 않을까 두려울 뿐이다.

여자의 숙명 또는 순명

| 책 | 버지니아 울프, 《자기만의 방》

업계에서 일찍이 인정받고 고속 승진한 친구가 임신을 했다. 친구와 임신·출산, 육아에 대해 이야기하는 도중 그녀가 말한다. 만약 아이가 한 명 더 생긴다면 회사를 계속 다닐 수 없을 것 같다고. 그 말을 듣고 보니 상사, 회사 대표, 교수의 상당수는 남자가 차지하고 있다는 현실을 떠올리게 되었다. 미술대학은 남학생보다 여학생의 수가 월등히 많다. 디자인 분야의 사회 초년생도 당연히 여자가 대부분이다. 그런데 업계에 마지막까지 남아 있는 사람은 거의 남자다.

버지니아 울프는 《자기만의 방》에서 자신만의 시간을 가지기 위한 여성들의 경제적·정신적 자립 조건으로 '돈과 자기만의 방'을 말한다. 그런데 분명 그 시대에 비해 여자에게도 능력을 발휘할 수 있는 기본적인 환경이 주어진 지금, 왜 우리는 여전히 남자보다 낮은 사회적 자리에 머물고 있을까? 여자는 남자보다 생존경쟁에서 약한가? 성취하고 싶은 욕망이 부족한 걸까? 명령받는 게 더 편한 수동적인 존재일까? 아직까지 남아 있는 성차별만을 탓해야 하나?

그것은 우리가 조금 더 위로 올라가려는 시점에서 임신과 출산 후 겪게 되는 적지 않은 양육의 무게 때문은 아닐까. 우리 사회는 양육의 큰 짐을 엄마의 몫으로 넘기고, 아이가 잘못되었을 때의 책임도 아빠보다는 엄마에게 돌리곤 한다. 남성이 아이에게 많은 관심을 쏟으면 특별하고 다정한 아빠지만, 여성이 아이에게 충실한 것은 당연하고 평범한 일이다. 아이를 돌보고 교육하는 데 쓰는 시간과 노동뿐 아니라 모성애라는 이름의 심리적 굴레로도 꼼짝할 수 없게 만든다. 아이로 인해 어느새 '나'는 사라지고 '엄마'라는 이름으로 사회의 통념과 압박의 요구 사항을 수행하게 된다.

겉으로는 여성에게도 남성과 동등하게 방과 돈을 준 것처럼 굴지만, 문화적 인식은 예전과 크게 달라지지 않았다. 이렇게 사회가 정해놓은 역할을 듣고 보며 자랐는데 우리가 자아를 이루고 싶은 열망, 자신의 삶에서 추구하는 목표에 대해 속 시원히 이야기할 수 있을까? 이야기하기 전에 생각할 기회조차 있을까?

언젠가 다른 친구들과 결혼 후 삶에 대해 이야기를 나눴을 때다. 나는 프리랜서이기에 아이를 키울 때 좋을 것 같다고, 안타깝지만 아이가 어릴 때는 그림과 글에 대한 열정을 잠시 멈춰야 하지 않겠느냐고 말했던 기억이 난다. 종족 번식과 인류 생존을 위한 임무를 위해 나를 잠시 내려놓겠다고 말이다. 당차고 소신 있는 여성인 척해왔지만 나 역시 사회가 정해준 역할에서 조금도 벗어나지 못하고 있다. 자기만의 방과 돈이 있는데 언제 다시 불붙을지 모를, 혹시나 영영 사그라들지도 모를 창작에 대한 불꽃을 우선은 덮겠다고 말하는 나를 보면 버지니아 울프가 혀를 찰지도 모르겠다.

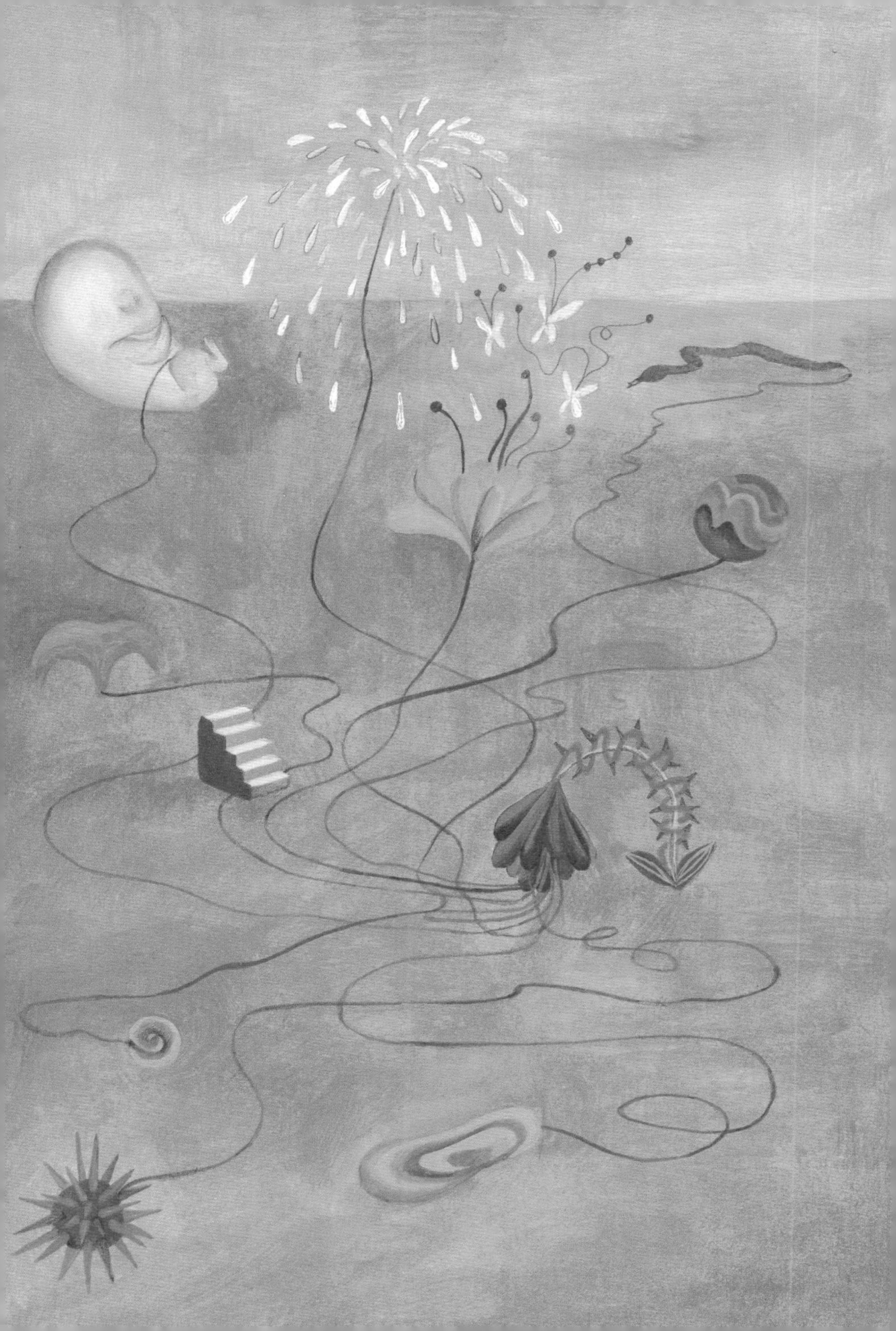

비밀 유지 조건

| 책 | 산도르 마라이, 《열정》

| 책 | 장 그르니에, 〈케르겔렌 군도〉

함께 다닐 수 없을 것 같은 두 단어,
'솔직함'과 '비밀스러움'.
그 둘은 의뭉스러운 관계를 맺고 있다.
《열정》의 크리스티나는
병적으로 모든 것을 말하려는 솔직함이
본질적인 것을 회피하기 위한 방패가 되어주며
〈케르겔렌 군도〉의 '나'는
자신의 비밀스러운 삶이 방해받지 않기 위해
주제넘고 호기심 넘치는 이들에게 선수 쳐서
무해무득한 속내를 풀어놓기도 한다.
무엇인가 들키고 싶지 않다면,
겉으로만 소중해 보이는
하지만 알고 보면 별것 아닌
두어 가지를 내어줌으로써
간직하려던 한 가지를 지킬 수 있다.
'솔직함'은 '비밀'을 유지하기 위한 조건임이 확실하다.

쉿!

| 책 | 안톤 파블로비치 체호프, 〈하찮은 것〉

"있잖아. 이건 우선 너만 알고 있어……."

어릴 적에 친구들끼리 비밀을 공유하게 되면 더 가까워진 것 같은 느낌을 받고, 우리 사이에는 다른 친구들 사이와는 다른 뭔가 특별한 것이 존재한다는 생각도 든다. 친하다고 생각했던 친구가 나 말고 다른 이에게 자신의 비밀을 이야기했다는 것을 알면 서운한 마음이 생기기도 한다. 그리고 내 비밀을 다른 친구가 알고 있을 때는 비밀을 지키기로 약속했던 친구에게 배신감이 들기도 한다.

하지만 배신감을 느끼기 이전에 비밀이 자신에게 정말 중요한 이야기라면 애초에 아무에게도 말하지 말아야 한다. 비밀에 대해 느끼는 무게감은 사람마다 다를 수밖에 없다. 상대에게는 그 비밀이 대수롭지 않은 일처럼 느껴지면, 지키기로 했던 약속은 어느새 목구멍을 타고 올라와 입술 사이로 빠져나오기도 하기 때문이다. 한 사람에게 건너간 말은 여러 사람에게 널리 알려질 수도 있다는 것을 염두에 둬야 한다.

〈하찮은 것〉의 알료샤는 말하고 싶지 않았지만, 벨라예프의 끈질긴 설득에 넘어갔고, 누구에게도 절대 말하지 않겠다며 하느님 앞에 한 맹세를 믿었다. 하지만 알료샤에게는 무엇보다 중요한 비밀을 벨라예프는 폭로하고 만다. 알료샤는 그가 자신을 속였다며 눈물을 흘려야 했다.

비밀을 공유하는 순간 우리는 착각에 빠진다. 함께 지켜야 하는 소중한 보물이 생겼고, 다른 이가 그 보물을 채 갈지 몰라 전전긍긍하던 감정을 같이 느낌으로써 유대 관계가 강해진다고 말이다. 그러나 보물을 채 갈지도 모를 두려움의 대상은 외부에 있는 것이 아니라 이제는 너와 나 둘 중의 한 명이 될 수 있다. 보물은 어디 있는지 아는 사람만이 훔칠 수도 되팔 수도 있다. 비밀을 털어놓는다는 것은 친구를 잠재적 도둑으로 만들겠다는 것과 다르지 않다. 가장 믿었던 사람에게 가장 큰 배신을 당할 수도 있는 상황을 본인 손으로 만드는 것이지만, 비밀을 털어놓는 순간의 상쾌함 때문에 이 점을 인정하려 하지 않는다. 그것이 비밀 약속의 맹점이다.

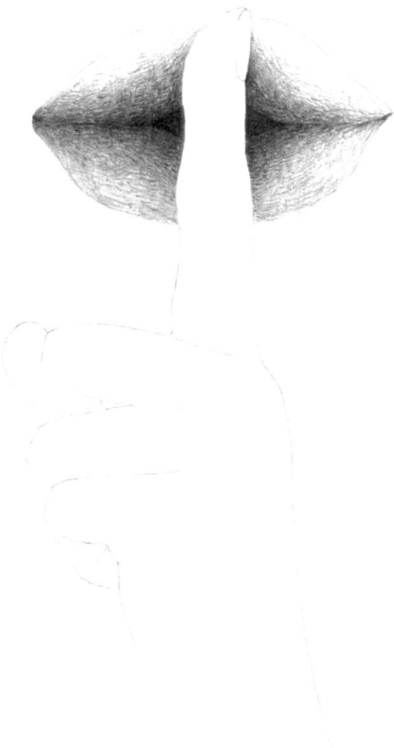

약속을 얼마나 소중하게 다루고 있는지 상대의 마음을 알 길은 없다. 그것이 누구에게는 수치심이 될 수도, 죄책감을 느끼게 할 수도, 돌이킬 수 없는 상처가 될 수도 있을지라도 상대는 그게 중요하지 않은 순간이 올 수도 있다는 걸 잊어서는 안 된다.

벨랴예프는 알료샤의 비밀을 듣자 애인의 전남편으로부터 받은 모욕감에 휩싸여 약속 따위는 중요치 않아졌다. 질투는 사람을 변하게 하고 애욕은 다른 사람을 안중에도 없게 만든다.

알료샤! 다음에는 너의 비밀을 함부로 입 밖에 꺼내지 마!

내 텔레파시 받을 사람
어디 없나

| 그림 | 메리 커셋, 〈오페라 극장에서*In the Loge*〉

책을 읽으러 북카페에 자주 가곤 하는데, 그곳에는 혼자 온 사람들이 대부분이다. 당연히 남자들도 있다. 축구하고 술 마시며 노는 것만 좋아할 것 같은 건장한 청년이 긴 손가락으로 책장을 넘기고 있는 모습을 보면 눈길이 가지 않을 수 없다. 거기에다 탁자 위에 놓인 그의 책이 내 취향인 걸 확인하면 강한 호기심에 사로잡힌다. 그는 어떤 차를 마시는지, 책장은 어떤 속도로 넘기는지, 어떤 자세로 책을 읽는지, 그 책은 왜 읽게 되었는지, 그 작가의 다른 책은 읽어봤는지, 어떤 문장이 인상에 남는지……. 어느새 내가 읽고 있던 책은 같은 페이지에 멈춘 지 오래고 책을 떠난 내 눈길은 그의 움직임을 흘깃흘깃 훑고 있다. 마치 메리 커셋의 〈오페라 극장에서〉 속 인물이 오페라보다는 관람석 여자에게 더 관심을 두는 것처럼 말이다. 모를 일이다. 서로의 그림에 영향을 주고받으며 분명 친구 이상의 감정을 가지고 있었던 에드가 드가와 메리 커셋도 발레 공연을 자주 보러 다녔다던데, 그림에 영감을 받으러 간 그곳에서 공연보다 서로를 지켜보고 있었을지도. 그래서 나도

맞은편에 앉은 그 남자에게 계속해서 텔레파시를 보내본다.
'드가와 커셋이 같은 예술적 취향으로 교감했듯이 우리도 같은 독서 취향을 가졌으니 분명 다른 점도 잘 통할 것 같아! 나도 그 책을 좋아한다고!'

그때 눈앞으로 여자 한 명이 지나가며 내 텔레파시를 방해하더니, 급기야 그의 옆에 앉는다.
"오빠, 많이 기다렸지? 아, 이 책, 내가 좋아한다고 말했던 거잖아!"

너 몰래

| 그림 | 신윤복, 〈월야밀회月夜密會〉

밤이 되면 너를 잘 볼 수 있다.
낮은 너를 또렷하게 비추지만
나를 감출 수 없기에 너를 마음껏 살필 수 없다.
밤은 나를 숨겨주고 너를 드러낸다.
어둠은 쓸데없는 것을 잡아먹고
달빛은 윤곽을 따라 세밀하게 밝힌다.
낮보다 더 빛나고 있다는 것을 너는 아는지 모르는지
모든 걸 알면서도 그 시선을 즐기고 있는지
밤과 함께 흥에 취해가는구나.

기다리고 또 기다리면 네가 올까?

| 책 | 사무엘 베케트, 《고도를 기다리며》

기다림은 설렘으로 시작했다.

하지만 설렘은 곧 초조함을 낳았고

초조함은 의심과 회피를 사귀며

분노와 절망으로 자라나

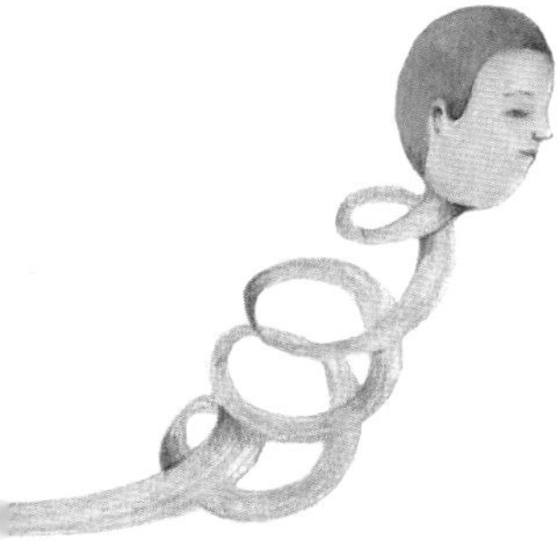

체념하고

방황하는 어른이 되었지만

어른은 결국 기다림에 순응하고 만다.

순응은 다시 설렘을 꽃피운 후

초조함을 낳는 반복을 거듭한다.

꺼지지 않는 설렘과 기대감이 기다림을 멈출 수 없게 한다.

블라디미르와 함께 중얼거려본다.

어제하곤 달라진 게 분명 있을 거라고.

이 책에서 소개하는 책과 그림들

* 일반적인 가나다순이 아닌, 이 책에서 소개하는 순서를 기준으로 표기합니다.

PART 1 ——

| 책 |

- 다자이 오사무, 김춘미 옮김, 《인간 실격》, 민음사, 2004년. _나약함에 이끌림
- 피터 브라운 글·그림, 서애경 옮김, 《호랑이 씨 숲으로 가다》, 사계절, 2014년. _어느새
- 장 자끄 상뻬 글·그림, 최영선 옮김, 《자전거를 못 타는 아이》, 열린책들, 2002년. _못하기 때문에 할 수 있는 일들
- 헤르만 헤세, 전영애 옮김, 《데미안》, 민음사, 2000년. _내 안의 놀이터
- 허버트 조지 웰스, 하창수 옮김, 〈벽 안의 문〉(《마술 가게》 중에서), 바다출판사, 2010년. _혼자만의 시간이 중요한 이유
- 윤석중 시, 이영경 그림, 《넉 점 반》, 창비, 2004년. _조금 늦더라도
- 오쿠다 히데오, 이영미 옮김, 《공중그네》, 은행나무, 2005년. _잘해내고 말 거야! 지켜낼 거야!
- 유준재 글·그림, 《파란파도》, 문학동네, 2014년. _내가 있어야 할 곳
- 정이현, 《말하자면 좋은 사람》, 마음산책, 2014년. _서툶을 그리워하며
- 마리 유키코, 최고은 옮김, 《골든애플》, 비채, 2015년. _균형 맞추기
- 한병철, 김태환 옮김, 《피로사회》, 문학과지성사, 2012년. _자기착취의 현장에서
- 우종영, 《나는 나무처럼 살고 싶다》, 걷는나무, 2009년. _자기착취의 현장에서

| 그림 |

- 빌헬름 함메르쇠이, 〈햇빛*Sunbeams*〉, 캔버스에 유채, 70×59cm, 1900년.[1] _빛이 있다고 믿었거든
- 카스파르 프리드리히, 〈눈 속의 참나무*The Oak tree in the Snow*〉, 캔버스에 유채, 71×48cm,

1829년경.[2] _겨울 사람

- 앙리 드 툴루즈 로트렉, 〈화장하는 여인*La Toilette*〉, 카드보드에 유채, 67×54cm, 1889년.[3] _멀어져보고 헤어져봐야 소중함을 알듯이
- 토머스 콜, 〈폭풍이 지나간 후 홀리요크 산에서 바라본 광경*View from Mount Holyoke, Northampton, Massachusetts, after a Thunderstorm*〉, 캔버스에 유채, 130.8×193cm, 1836년.[4] _반드시
- 에드가 드가, 〈압생트를 마시는 사람*Dans un café, dit aussi l'absinthe*〉, 캔버스에 유채, 92×68cm, 1875~1876년.[5] _안녕하신지요
- 마인데르트 호베마, 〈미들하니스의 오솔길*The Avenue at Middelharnis*〉, 캔버스에 유채, 103.5×141cm, 1689년.[6] _긴 여행을 위해 버려야 할 것들
- 루치안 프로이트, 〈잠자는 국가연금 관리자*Benefits Supervisor Sleeping*〉, 캔버스에 유채, 151.3×219cm, 1995년.[7] _뭐가 미안한데?

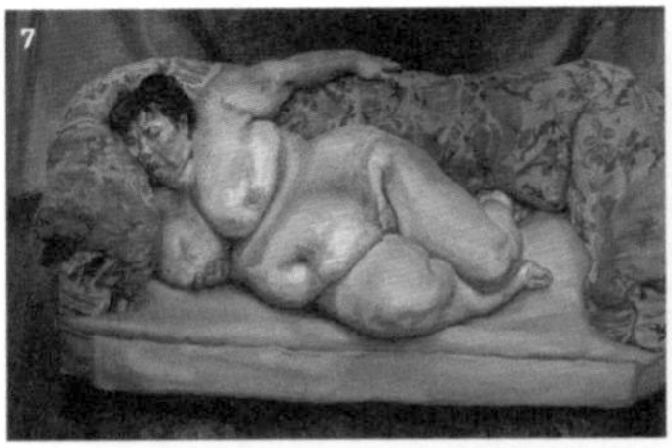

- 레옹 스피리에르, 〈방파제, 오스탕드, 빛의 반사*Digue de mer, Ostende, reflets de lumière*〉, 종이에 잉크와 수채, 47.8×39.5cm, 1908년.[8] _완벽한 연기에 박수를
- 미켈란젤로 메리시 다 카라바조, 〈나르키소스*Narcissus*〉, 캔버스에 유채, 110×92cm, 1597~1599년.[9] _나에 대한 잘못된 사랑 방식
- 발튀스, 〈흰 치마*The white skirt*〉, 캔버스에 유채, 130×162cm, 1937년.[10] _균형 맞추기
- 히라노 하쿠호, 〈거울 앞에서鏡の前〉, 목판화, 39.7×27.1cm, 1932년.[11] _결정적 지점

PART 2 ——

| 책 |

- 베르나르 베르베르, 이세욱 옮김, 《개미》, 열린책들, 2001년. _완전한 공감
- 스와보미르 므로제크, 정정원 옮김, 〈'고독'협동조합〉(《코끼리》 중에서), 지식을만드는지식, 2012년. _여보세요, 고독협동조합이지요?
- 밀란 쿤데라, 방미경 옮김, 《농담》, 민음사, 2014년. _나는 네 농담이 하나도 재미없었어

- 기 드 모파상, 최정수 옮김, 〈비곗덩어리〉(《기 드 모파상》 중에서), 현대문학, 2014년. _대신 욕해주기!
- 안톤 파블로비치 체호프, 오종우 옮김, 〈애수〉(《개를 데리고 다니는 부인》 중에서), 열린책들, 2009년. _귀 기울여주세요
- 이반 투르게네프, 최진희 옮김, 《첫사랑》, 펭귄클래식코리아, 2015년. _가슴에 새기다
- 폴 서루, 이용현 옮김, 《여행자의 책》, 책읽는수요일, 2015년. _훌쩍 떠나고 싶은 오늘
- 앙드레 지드, 김화영 옮김, 《지상의 양식》, 민음사, 2007년. _훌쩍 떠나고 싶은 오늘
- 티에리 파코, 전혜정 옮김, 《지붕》, 눌와, 2014년. _머리 위 그곳에는

| 그림 |

- 피터르 브뤼헐, 〈아이들의 놀이*Children's Games*〉, 패널에 유채, 118×161cm, 1560년.[1] _놀이 규칙을 바꿔보자
- 제임스 티소, 〈상점 판매원*The Shop Girl*〉, 캔버스에 유채, 146.1×101.6cm, 1883~1885년.[2] _좋아하는 사람들을 더 좋아해주는 방법

- 마크 로스코, 〈무제(빨강, 주황)*Untitled(Red, Orange)*〉, 캔버스에 유채, 233×176cm, 1968년.[3] _동질의 기준과 편협한 판단
- 에드바르 뭉크, 〈멜랑콜리-라우라*Melancholy, Laura*〉, 캔버스에 유채, 110×126cm, 1899~1900년.[4] _나를 아는 당신
- 에드바르 뭉크, 〈사춘기*Puberty*〉, 캔버스에 유채, 151.5×110cm, 1894~1895년.[5] _오춘기를 응원하며
- 조르주 쇠라, 〈그랑드 자트 섬의 일요일 오후*A Sunday Afternoon on the Island of La Grande Jatte*〉, 207.6×308cm, 캔버스에 유채, 1884~1886년.[6] _대안의 대안을 찾아서
- 구스타브 카유보트, 〈파리, 비 오는 날*Paris Street; Rainy day*〉, 캔버스에 유채, 212.1×276.2cm, 1877년.[7] _비 오는 수요일엔 빨간 우산을
- 레오노르 피니, 〈일요일 오후*Dimanche Après-Midi*〉, 석판화, 73.9×54.5cm, 1980년.[8] _고양이를 키

워볼까?

- 미켈란젤로 메리시 다 카라바조, 〈바쿠스*Bacchus*〉, 캔버스에 유채, 95×85cm, 1596~1597년.[9] _한잔할까?
- 앙리 마티스, 〈이집트식 커튼*Interior with Egyptian Curtain*〉, 캔버스에 유채, 116.2×88.9cm, 1948년.[10] _소장품 중 가장 고가의 그림을 소개합니다
- 앙리 마티스, 〈니스의 프랑스식 창문*The French Window at Nice*〉, 캔버스에 유채, 130×89cm, 1919년.[11] _소장품 중 가장 고가의 그림을 소개합니다
- 앙리 마티스, 〈콜리우르의 실내*Collioure Interior*〉 캔버스에 유채, 59×72cm, 1905년.[12] _소장품 중 가장 고가의 그림을 소개합니다
- 장 바티스트 카미유 코로, 〈망트 풍경*First Leaves, near Mantes*〉, 캔버스에 유채, 34×46cm, 1855년경.[13] _자연스럽다
- 미칼로유스 츄를료니스, 〈알레그로-별들의 소나타*Allegro-Sonata of the stars*〉, 카드보드에 템페라, 72.2×61.4cm, 1908년.[14] _그림의 노래 또는 노래의 그림
- 빈센트 반 고흐, 〈프랑스 소설 더미*Piles of French Novels*〉, 캔버스에 유채, 54.4×73.6cm, 1887년.[15] _쇼핑에 대하여

PART 3

| 책 |

- 박찬일, 《추억의 절반은 맛이다》, 푸른숲, 2012년. _엄마의 맛
- 조지 오웰, 도정일 옮김, 《동물농장》, 민음사, 1998년. _나폴레옹은 언제나 옳다?
- 조르주 페렉, 김명숙 옮김, 《사물들》, 펭귄클래식코리아, 2015년. _취향과 욕망과 행복의 상관관계
- 잡지 《빅이슈》, 빅이슈코리아. _헛헛함을 채우는 방법
- 장폴 사르트르, 정명환 옮김, 《말》, 민음사, 2008년. _쓰고, 그리고, 실천하는
- 양귀자, 《모순》, 쓰다, 2013년. _익숙함을 좇다가 불편함을 선택하는 모순
- 니콜라이 고골, 이기주 옮김, 〈코〉(《고골 단편집》 중에서), 펭귄클래식코리아, 2015년. _세상은 요지경
- 스와보미르 므로제크, 정정원 옮김, 〈코끼리〉(《코끼리》 중에서), 지식을만드는지식, 2012년. _세상은 요지경
- 마르셀 서루, 조영학 옮김, 《먼 북쪽》, 사월의책, 2014년. _살아남는다는 것

| 그림 |

- 레오나르도 다빈치, 〈모나리자*Mona Lisa*〉, 패널에 유채, 77×53cm, 1503~1506년.[1] _루브르에서 받은 배신감의 정체
- 조지프 말로드 윌리엄 터너, 〈해안으로 다가오는 요트*Yacht Approaching the Coast*〉, 캔버스에 유채, 102×142cm, 1835~1840년경.[2] _알 수 없는 내일이 재밌는 이유
- 조지 클라우슨, 〈들판의 작은 꽃*The Little Flowers of the Field*〉, 캔버스에 유채, 41.3×56.5cm, 1893년.[3] _작은 것에서 행복 찾기
- 메리 커셋, 〈아이의 목욕*The Child's Bath*〉, 캔버스에 유채, 100.3×66cm, 1893년.[4] _엄마의 엄마처럼
- 존 슬론, 〈렝가네시의 토요일 밤*Renganeschi's Saturday Night*〉, 캔버스에 유채, 66.7×81.3cm, 1912년.[5] _토닥토닥 토요일 밤
- 케테 콜비츠, 〈죽은 아이를 안고 있는 어머니*Frau mit totem Kind*〉, 동판화, 42.4×49cm, 1903년.[6] _공감욕

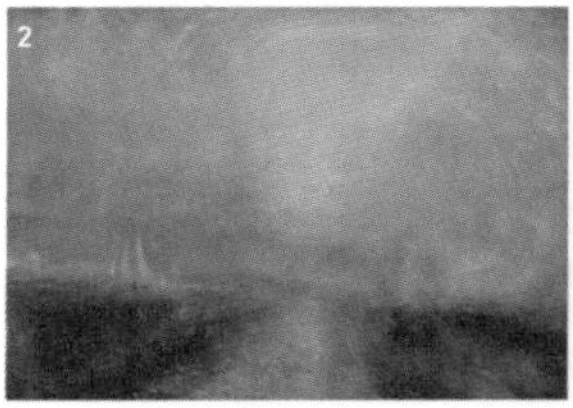

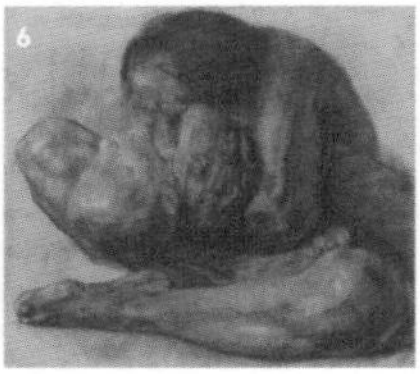
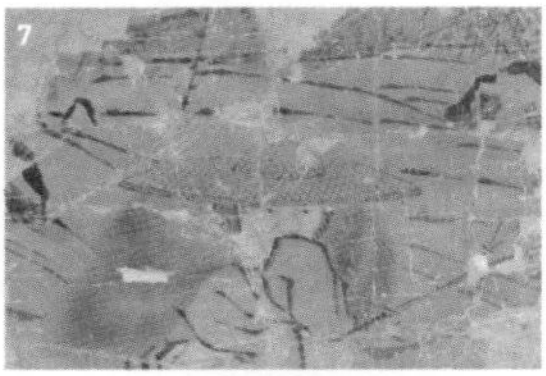
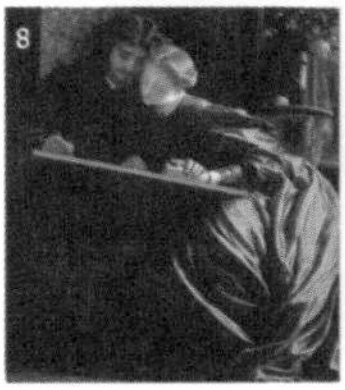

- 안견, 〈사립독조蓑笠獨釣〉, 견본담채, 10×14.5cm, 15세기경.[7] _유경험자와 무경험자의 선택
- 프레더릭 레이턴, 〈화가의 신혼*The Painter's Honeymoon*〉, 캔버스에 유채, 83.8×77.5cm, 1864년경.[8] _얕잡아 보던 장래 희망
- 르네 마그리트, 〈집단적 발명*Collective Invention*〉, 캔버스에 유채, 73×116cm, 1934년.[9] _현실의 연장선일 뿐
- 조르주 드 라 투르, 〈점쟁이*The Fortune Teller*〉, 캔버스에 유채, 102×123cm, 1630년경.[10] _복채의 의미

PART 4 ——

| 책 |

- 롱고스, 김원중·최문희 옮김, 《샤갈의 다프니스와 클로에》, 세미콜론, 2008년. _사랑하는 나의 다프니스에게
- 소프트유니온, 염혜은 옮김, 《건축만담》, 디자인하우스, 2013년. _너와 한 공간에 있을 수 있다면
- 쉘 실버스타인, 이재명 옮김, 《아낌없이 주는 나무》, 시공주니어, 2000년. _내어줄 시기를 번번이 놓치는 바보
- 이솝, 천병희 옮김, 〈북풍과 해〉(《이솝우화》 중에서), 숲, 2013년. _불공평한 조건
- 로맹 가리, 김남주 옮김, 《여자의 빛》, 마음산책, 2013년. _나를 채워줘
- 폴 세르주 카콩, 백선희 옮김, 《로맹 가리와 진 세버그의 숨 가쁜 사랑》, 마음산책, 2012년. _나를 채워줘
- 보리스 비앙, 이재형 옮김, 《세월의 거품》, 펭귄클래식코리아, 2009년. _집착의 마침표
- 츠지 히토나리, 양억관 옮김, 《냉정과 열정 사이-Blu》, 소담출판사, 2000년. _시간을 다루는 남자들
- 에릭 오르세나, 이세욱 옮김, 《오래오래》, 열린책들, 2012년. _시간을 다루는 남자들
- 제인 오스틴, 원유경 옮김, 《오만과 편견》, 열린책들, 2010년. _결혼에 관한 타협의 범위
- 버지니아 울프, 이소연 옮김, 《자기만의 방》, 펭귄클래식코리아, 2010년. _여자의 숙명 또는 순명
- 산도르 마라이, 김인순 옮김, 《열정》, 솔, 2001년. _비밀 유지 조건
- 장 그르니에, 김화영 옮김, 〈케르겔렌 군도〉(《섬》 중에서), 민음사, 1993년. _비밀 유지 조건
- 안톤 파블로비치 체호프, 오종우 옮김, 〈하찮은 것〉(《개를 데리고 다니는 부인》 중에서), 열린책들, 2009년. _쉿!
- 사무엘 베케트, 오증자 옮김, 《고도를 기다리며》, 민음사, 2000년. _기다리고 또 기다리면 네가 올까?

| 그림 |

- 빈센트 반 고흐, 〈석양 무렵의 버드나무*Willows at Sunset*〉, 카드보드에 유채, 31.5×34.5cm, 1888년.[1] _첫사랑의 흔적
- 존 슬론, 〈봄비*Spring Rain*〉, 캔버스에 유채, 51.4×66cm, 1912년.[2] _종잡을 수 없는 자기
- 마르크 샤갈, 〈샘가의 다프니스와 클로에*Daphnis and Chloe beside the Fountain*〉, 석판화, 53×38cm, 1961년.[3] _사랑하는 나의 다프니스에게
- 프리다 칼로, 〈짧은 머리의 자화상*Self-Portrait with Cropped Hair*〉, 캔버스에 유채, 40×27.9cm, 1940년.[4] _기억을 잘라내곤 하지
- 메리 커셋, 〈오페라 극장에서*In the Loge*〉, 캔버스에 유채, 81×66cm, 1878년.[5] _내 텔레파시 받을 사람 어디 없나
- 신윤복, 〈월야밀회月夜密會〉, 지본담채, 28.2×35.6cm, 18세기 후기.[6] _너 몰래

나는 안녕한가요?

초판 1쇄 발행일 2016년 3월 18일
초판 2쇄 발행일 2016년 4월 8일

글 · 그림 | 백두리

발행인 | 박재호
편집 | 박재호
종이 | 세종페이퍼
인쇄 · 제본 | 한영문화사
출력 | ㈜상지피앤아이

발행처 | 생각정원 Thinking Garden
출판신고 | 제 25100-2011-320호(2011년 12월 16일)
주소 | 서울시 마포구 양화로 156(동교동) LG팰리스 1207호
전화 | 02-334-7932 팩스 | 02-334-7933
전자우편 | pjh7936@hanmail.net

ISBN 979-11-85035-39-0 03810

• 이 도서의 국립중앙도서관 출판시도서목록(CIP)은 서지정보유통지원시스템 홈페이지(http://seoji.nl.go.kr)와 국가자료공동목록시스템(http://www.nl.go.kr/kolisnet)에서 이용하실 수 있습니다.(CIP 제어번호: 2016006095)
• 책값은 뒤표지에 있습니다. 잘못된 책은 구입하신 곳에서 바꿔드립니다.

만든 사람들
기획 · 편집 | 박재호
디자인 | 이석운, 김미연